D0509682

Jean-Christophe Rufin

de l'Académie française

Le suspendu de Conakry

Les énigmes d'Aurel le Consul

Gallimard

Médecin, engagé dans l'action humanitaire, Jean-Christophe Rufin a occupé plusieurs postes de responsabilités à l'étranger, notamment celui d'ambassadeur de France au Sénégal.

Nourrie par son expérience internationale et centrée sur la rencontre des civilisations, son œuvre littéraire se partage en deux courants. Avec *L'Abyssin*, son premier roman publié en 1997, *Rouge Brésil*, qui lui a valu le prix Goncourt en 2001, *Le grand Cœur, Le collier rouge* ou *Le tour du monde du roi Zibeline*, qui ont rencontré un très vaste public, il explore une veine historique, toujours reliée aux questions actuelles.

Avec *Immortelle randonnée* (sur les chemins de Compostelle), *Check-point* et la série des *Énigmes d'Aurel le Consul*, Jean-Christophe Rufin crée des univers romanesques contemporains qui éclairent l'évolution de notre monde.

L'écriture vivante de Jean-Christophe Rufin, pleine de suspense et d'humour, a séduit un large public tant en France que dans les nombreux pays où ses livres sont traduits.

Il a été élu à l'Académie française en 2008.

I

La foule regardait le corps suspendu. Une ligne continue d'Africains, hommes, femmes, enfants, occupait le quai et toute la digue jusqu'à la bouée rouge qui marquait l'entrée de la marina de Conakry.

Les regards se portaient vers le sommet du mât. Comme la marée était haute, la coque du voilier était presque au niveau des bords du bassin. Le corps se découpait sur le fond uniformément bleu du ciel tropical. On le voyait de très loin. Au balcon des villas du front de mer, de nombreux résidents tout juste éveillés fixaient cette image d'horreur. Certains avaient eu le temps de sortir des jumelles. Ils avaient reconnu dans la victime un homme blanc, attaché par un pied. Il avait les mains gonflées et sur son visage écarlate avaient ruisselé quelques filets de sang.

Autour du bassin régnait un silence absolu. On entendait seulement le bruit assourdi des bus, au loin, sur l'avenue.

L'alerte avait été donnée dès le lever du jour qui, sous cette latitude, se produit toute l'année à six heures du matin. La nouvelle s'était répandue très vite. Ceux qui traînaient sur la plage à cette heure-là, vendeurs ambulants, gamins engagés dans des parties de foot, marins qui bricolaient leurs pirogues, s'étaient précipités pour ne pas manquer l'événement.

Le soleil, en se dégageant de l'horizon, faisait éclater de lumière la surface étale de la mer. La chaleur était déjà intense et les peaux commençaient à dégouliner de sueur. Nul n'osait parler. Tout le monde observait car, ensuite, il faudrait se souvenir et raconter aux autres.

La police était arrivée au bout d'une vingtaine de minutes. Mais c'était une patrouille de quartier, deux hommes en uniforme dans un vieux véhicule grinçant. Seydou, qui servait un peu à tout dans la marina, les avait fait monter dans sa yole pour les conduire jusqu'au bateau. Un peu plus tard, dans un silence encore plus épais, les oreilles tendues des spectateurs avaient capté des cris aigus en provenance du voilier.

Sur son pont, on avait vu s'agiter une troisième silhouette. Comme le bateau était amarré loin de la jetée et à contre-jour, il était difficile de distinguer ce qui s'y passait. Mais parmi ceux qui observaient la scène la main en visière, il y avait des marins habitués à scruter les horizons ensoleillés. L'un d'eux annonça que c'était une femme qui venait d'apparaître sur le pont. Un autre, un peu plus tard, la reconnut :

— C'est Mame Fatim, cria-t-il.

Et presque aussitôt un autre encore ajouta :

— Elle est complètement nue !

Alors, tout à coup, l'angoisse qui étreignait silencieusement la foule depuis la découverte du corps suspendu éclata en une hilarité nerveuse. Des centaines de personnes, alignées au-dessus de l'eau sale de la marina, commencèrent à rire bruyamment. Ceux qui n'étaient pas au premier rang riaient aussi mais sans savoir pourquoi. Ils se mirent à sauter et à pousser pour avoir leur part du spectacle. Une femme tomba à l'eau et deux enfants, qui se rassuraient en se tenant par la main, furent entraînés ensemble à sa suite sous la poussée de la foule. Quelques hommes plongèrent à leur tour pour secourir la femme qui ne savait pas nager et battait des bras en hurlant. Les gamins, eux, avaient réussi à agripper une échelle scellée dans la paroi de pierre de la jetée et ils remontaient en prenant garde de ne pas glisser sur les barreaux rouillés.

Presque au même instant, un groupe d'officiels, dont des policiers gradés, avait fait son apparition sur la terrasse du club-house et descendait le chemin sablonneux vers le bassin. Seydou avait ramené sa yole et il conduisit les nouveaux venus deux par deux jusqu'au lieu du drame.

La femme, sur le pont du voilier, avait été sommairement couverte avec le drap qu'un des policiers avait déniché dans les cabines. Elle attendait, à la proue, assise sur un coffre à voiles. Le pont était maintenant très encombré et les nouveaux arrivants n'avaient pas l'air à l'aise. Ils se tenaient tant bien que mal aux étais du mât. Puis un des gradés donna un ordre et quelques policiers commencèrent à s'affairer autour des manœuvres et à les détacher l'une après l'autre. Tout à coup, le cadavre suspendu par un pied à la drisse de grand-voile s'affala brutalement sur le pont, cognant au passage un des officiels. On le vit qui se tenait la tête et, pendant un long instant, personne ne s'occupa plus du corps. Tous les soins étaient réservés à l'homme en complet-veston que le mort avait heurté dans sa chute.

Des sirènes d'ambulance et de voiture de police retentirent en arrière du front de mer et se rapprochèrent. La circulation était difficile à cette heure matinale. Il fallut un temps assez long pour que les gyrophares jettent des éclairs bleus sur le tronc des palmiers qui entouraient l'allée menant à la marina. Entre-temps, les silhouettes sur le bateau du drame s'étaient détournées de l'homme assommé. Il avait repris ses esprits et se frottait la tête, assis près de la barre.

Deux policiers firent descendre dans la yole la femme toujours enroulée dans son drap. C'était une jeune Africaine assez ronde, plutôt claire de peau. Elle avait les cheveux en désordre et le visage déformé par les pleurs. La rumeur enfla quand la barque accosta devant le club-house.

— Mame Fatim… c'est bien elle… chuchotait la foule.

Personne ne riait plus.

La femme monta dans une ambulance qui disparut, sirène hurlante.

La sortie du mort fut plus longue. La yole ne suffisait pas. Il fallut utiliser un zodiac dont le patron de la marina avait la clef mais qu'il n'avait jamais conduit. Quand le cadavre fut débarqué, il se confirma qu'il s'agissait d'un Européen de haute taille, aux cheveux gris assez drus. La plupart des gens, sans le connaître, l'avaient déjà croisé sur la plage ces derniers mois. Tout le monde savait que Mame Fatim vivait à son bord depuis quelques semaines.

Il était vêtu d'un pantalon de toile blanc léger et d'une chemise à fleurs bleu pâle. Quand deux policiers tirèrent le corps hors du zodiac et l'allongèrent le dos sur le ciment du quai, la foule poussa un cri : la poitrine de l'homme était écarlate. Une longue plaie sanglante creusait, sur le thorax du mort, un véritable cratère. Rapidement, un policier recouvrit le corps d'un drap. Le sang l'imbiba et on ne vit bientôt plus, sur la masse sans forme, qu'une tache brune qui s'élargissait. Deux ambulanciers l'évacuèrent aussitôt.

À bord, les policiers guinéens continuaient de

s'affairer, penchés en avant, pour recueillir des indices. Un fonctionnaire français du service des douanes passa aussi inspecter le bateau.

La foule, repue d'images morbides, commença à se disperser, en commentant la scène.

*

Il était midi quand le chauffeur déposa Aurel, membre du service consulaire de l'ambassade de France, à l'entrée de la marina. Malgré sa petite taille et ses membres fins, il lui fallut déployer beaucoup d'efforts pour s'extraire de la voiture. C'était une Clio à deux portières, le véhicule le plus modeste et le plus déglingué du service, le seul que son patron, le Consul Général, l'autorisât à utiliser. Aurel se comportait comme s'il s'était agi d'une grosse berline : il faisait basculer le siège du passager et s'asseyait sur la banquette arrière prévue pour un enfant en bas âge. Il s'installait avec dignité, les genoux à la hauteur du menton et la tête touchant le plafonnier. Il en ressortait avec le même air d'importance. Après tout, « Sévère » était un des titres des empereurs romains, tout comme « Félix » d'ailleurs. Aurel n'avait jamais perdu de vue cette leçon de l'Histoire : la dignité comme le bonheur sont des attributs de la souveraineté. Chacun d'entre nous peut s'en saisir, s'il en a la volonté. C'est digne et heureux que le Consul s'avança vers le

14

club-house, entre une double haie de palmiers royaux au garde-à-vous.

Il aurait été difficile de deviner son âge. Malgré son crâne dégarni entouré d'une couronne de cheveux frisés poivre et sel, il avait des expressions presque juvéniles. Mais ses vêtements lui donnaient une silhouette de vieillard. Sa tenue de bureau habituelle se composait d'un costume rayé à trois boutons, d'une chemise à col pointu à laquelle d'innombrables lavages donnaient des reflets jaunes et d'une cravate à rayures rouges et vertes. Quand il sortait, il enfilait toujours un long manteau de tweed croisé à larges revers qu'il tenait soigneusement boutonné. Pour protester contre le sort injuste qui l'avait exilé dans cette capitale africaine, il mettait un point d'honneur à ne rien changer à ses habitudes vestimentaires. Il était habillé comme il l'aurait été en plein hiver dans sa Roumanie natale ou, à la rigueur, en France, sa patrie d'adoption, et plus précisément à Paris. Par bonheur, il ne transpirait jamais.

Lorsqu'il traversa la terrasse dans cet accoutrement et entra dans le club-house, toutes les conversations s'arrêtèrent. Les curieux étaient partis. Il ne restait plus, accoudés au bar, que les habitués, le patron et un des policiers guinéens placés en faction pour éviter les pillages sur le bateau du drame.

Aurel détailla en un clin d'œil le petit groupe.

À l'exception de l'Africain, tous les autres étaient des Blancs, la cinquantaine passée, bedonnants, le regard brillant d'alcool. Ils étaient vêtus de chemises hawaïennes à peine boutonnées et ne portaient dessous qu'un maillot de bain ou un short. La plupart étaient chaussés de tongs ou avaient enfilé pieds nus de vieux mocassins de bateau.

En voyant ce petit personnage emmitouflé s'encadrer dans la baie qui ouvrait sur la terrasse, les hommes vautrés autour du bar se redressèrent. On en vit un ou deux reboutonner leur chemise ou enfiler les chaussures qu'ils avaient ôtées en grimpant sur les tabourets.

Aurel connaissait bien cette réaction. Il savait qu'il s'en était fallu de peu dans la vie pour qu'il eût de l'autorité. Hélas, il lui manquait quelque chose d'indéfinissable : la première impression qu'il produisait n'était pas durable. Tout de suite après venaient les sourires en coin et les haussements d'épaules.

Aurel n'avait jamais mis les pieds au yacht-club. Pourtant, après ce premier moment de surprise, tout le monde l'avait reconnu. Le patron lança des œillades autour de lui. Quelqu'un ricana. Deux ou trois hommes, pour se donner une contenance et garder leur sérieux, se mirent à siroter le fond de leurs verres.

— Monsieur le Consul Général est en vacances, sans doute ? lança Ravigot, le patron.

Aurel savait que Baudry, son supérieur hiérarchique, Consul Général de France à Conakry, était membre du club, quoique à sa connaissance il n'eût aucune compétence maritime. C'était seulement pour lui une occasion de boire en joyeuse compagnie, d'entendre les potins de la ville et de raconter quelques bonnes histoires. Par exemple celle d'Aurel, l'adjoint calamiteux qu'on avait affecté dans ses services. « Un Roumain, figurez-vous, et qui parle avec un accent terrible. Il est tellement catastrophique que l'on ne peut rien lui confier. Je l'ai relégué dans un placard. Littéralement. Sans téléphone ni ordinateur. Vous me demandez pourquoi on ne l'a pas mis à la porte ? Ce n'est pas faute d'avoir essayé. Tous ses chefs ont voulu se débarrasser de lui, moi comme les autres. Mais il est fonctionnaire titulaire, hélas. »

— Ah, l'engeance ! éructa Ravigot.

Il avait tenu un garage à Bayeux et ne jurait que par la libre entreprise.

— Nuançons, objecta un habitué, professeur de sciences naturelles à la retraite, qui pêchait de temps en temps sur une barcasse, sans jamais rien prendre.

Toutes les fenêtres du bar étaient ouvertes. Des bouffées d'air tiède montaient du bassin et ramenaient des odeurs de marée et de fruits pourris.

17

— Entrez, entrez, monsieur le Consul, renchérit Ravigot.

Le patron, comme tous les expatriés, connaissait la hiérarchie subtile des ambassades. Il prononçait le mot « consul » avec une désinvolture qui montrait assez qu'il était familier de l'autre, le vrai, le « général ».

— Merci.

Aurel avança jusqu'au bar avec l'air le plus grave possible. Mais c'était fini. Il était trop tard. Tout le monde souriait en le regardant trotter dans son manteau qui lui descendait aux chevilles. À mesure qu'il approchait, sa petite taille devenait plus manifeste. La normalité avait changé de camp, après être passée un court instant de son côté. De nouveau, le naturel, c'était d'être presque nu ou vêtu d'une chemise à fleurs ridicule, avachi devant un verre de Ricard, et de sentir la sueur. Aurel ne s'était pas attendu à autre chose.

Parvenu devant le bar, il fouilla dans la poche de son manteau et sortit une liasse de cartes de visite. Il en tendit une au patron. Puis, en attendant sa réaction, il se donna une contenance en se fourrant entre les dents un fume-cigarette en ambre sur lequel était vissé un mégot de Camel sans filtre.

Ravigot lut la carte attentivement. Sous l'en-tête bleu-blanc-rouge du ministère des Affaires étrangères étaient inscrits son nom, Aurel Timescu, et son titre, « Consul de France ». Le patron était un grand gaillard que l'âge avait alourdi de graisse mais qui gardait un visage osseux, buriné de rides. Il s'y entendait pour jouer les indignés. Ses colères feintes, si elles impressionnaient les nouveaux venus, faisaient se tordre de rire les habitués. Il passa la carte à l'ancien professeur et elle circula de main en main.

— Regardez ça, vous autres. Et tâchez de bien vous tenir devant monsieur le Consul.

Il fallait le connaître pour voir que son œil, sous le sourcil broussailleux, brillait d'un éclat ironique et mauvais.

— Et qu'est-ce que l'on peut faire pour vous, monsieur Timescu ?

— Parlez-moi du mort.

— Mayères ?

— C'est son nom ?

Aurel avait sorti un calepin en moleskine et prenait des notes avec un petit portemine en argent.

— Oui. Jacques Mayères. Au fait, qu'est-ce que vous prenez, monsieur le Consul ?

— Vous avez du vin blanc ?

C'était une des faiblesses d'Aurel. Baudry ne s'était pas privé de la décrire. « Il boit comme un cochon, avait-il affirmé. Forcément, dans son placard, il faut bien qu'il s'occupe… » Mais la passion d'Aurel pour le vin blanc était une autre histoire que son supérieur ne pouvait pas

19

soupçonner : le vin de Tokay, les vignes d'Europe centrale, une immense nostalgie de ces terres où se mêlaient pour lui une abjecte barbarie et la civilisation la plus raffinée.

— Non, malheureusement. Je peux vous proposer de la bière, du rouge, des sodas.

— Alors, rien. Merci. Vous connaissiez bien le défunt ?

— Si on le connaissait ? Mais, tenez, hier encore, il était à votre place, accoudé à ce bar, et la plupart de ces messieurs l'ont vu.

Un grommellement approbateur monta de la petite troupe.

— Il y a longtemps qu'il séjournait dans votre marina ?

— Près de six mois. On est en février ; il était ici depuis la fin de l'hivernage, en septembre.

— Je suppose qu'il vous a montré ses papiers, en arrivant ?

Le patron ne se contentait pas de tenir le bar. Il était responsable du yacht-club et chaque nouvel équipage avait l'obligation de se présenter à lui. Il devait prévenir la police et les douanes si le bateau provenait de l'étranger.

— Il me les a montrés, bien sûr.

— Et vous avez gardé des photocopies ?

Ravigot sourit et saisit son verre. Il vida d'un trait le fond de pastis qu'il contenait.

— Vous savez, ici, c'est à la bonne franquette. On fait confiance. Ce type était honnête, ça se voyait. D'ailleurs, depuis qu'il est arrivé, jamais d'histoire.

— Donc, vous n'avez pas gardé ses papiers.

Le patron se passa une main sur la nuque. Elle revint luisante de sueur.

— Vous êtes bien sûr que vous ne voulez pas vous mettre à l'aise ? insista-t-il. On est entre nous.

Aurel ne prêta pas attention à la question.

— Les autorités guinéennes ont peut-être conservé une copie de ces documents ?

— Les autorités guinéennes ! répéta le patron avec un regard circulaire qui suscita quelques sourires. Oh, sûrement. Vous savez comment leur administration est faite… Un exemple d'ordre et de discipline !

Aurel baissa les yeux et regarda ses chaussures. Imbibées de cirage à longueur d'année, elles avaient ramassé tout le sable de l'allée. On aurait dit de la viande panée. Il soupira et reprit son calepin.

— Vous vous souvenez de son âge ?

— Soixante-six ans. Je le sais parce qu'il était du mois d'août, comme moi. Un Lion, les meilleurs ! À trois jours près, on avait cinq ans d'écart.

— Il vous a dit ce qu'il faisait avant ?

— Il ne parlait que de ça. Vous savez ce que c'est que les retraités. Enfin, vous êtes trop jeune, mais vous verrez.

C'était une petite revanche qu'il prenait sur les clients qui, tous les jours au bar, devaient lui casser les pieds avec leurs souvenirs professionnels.

— Il avait monté une entreprise en Haute-Savoie.

— Dans quelle branche ?

— C'est le cas de le dire ! Le bois, c'était ça, sa branche…

Avec cette mauvaise plaisanterie, Ravigot avait fait revenir des sourires sur le visage des habitués.

— Son père ou son grand-père, je ne sais plus, avait créé une petite scierie. Il avait commencé à y travailler à seize ans. Quand il avait hérité de l'affaire, il l'avait développée. À la fin, c'était le plus gros dans sa région. Il contrôlait toute la filière, depuis l'achat des bois sur pied jusqu'à la fabrication de meubles. Et il les exportait jusqu'en Arabie Saoudite.

— Vous savez ce qu'est devenue son entreprise ?

— Il l'a vendue. À des Chinois, si j'ai bien compris. Il a touché un gros paquet.

— Des enfants ?

— Non, justement. Il disait qu'il était libre.

— Jamais marié ?

— Ça, il n'en parlait pas trop.

— Si, si, intervint un des consommateurs. Moi, il m'a dit qu'il avait une femme en France.

— Il transportait beaucoup d'argent avec lui ?

— Il devait avoir une bonne réserve dans le

bateau. Il payait tout en liquide. Souvent des billets de 500 euros qu'il ne se donnait même pas la peine de changer en francs CFA.

Aurel notait tout scrupuleusement. Ravigot avait déjà rempli deux fois les verres. L'heure tournait. Tout le monde avait faim. L'interrogatoire commençait à paraître un peu long.

— C'est des informations consulaires que vous cherchez ?

Aurel se troubla. Pour le consulat, il n'avait besoin que de renseignements d'état civil. Or, il s'était laissé entraîner sur une autre pente. Le patron ne pouvait pas savoir que, dans une vie antérieure, Aurel avait voulu travailler pour la police. Il ne s'était jamais consolé de ne pas mener d'enquêtes. C'était une vocation contrariée. Il aurait mis là-dedans son sens de l'observation et de la psychologie, sa rigueur de joueur d'échecs. Il était persuadé qu'il aurait eu du génie. Chaque fois qu'il le pouvait, Aurel aimait mener sa propre investigation, en marge de la police et pour son seul profit. C'était un hobby, en somme, mais qui devait rester secret et il ne fallait pas éveiller les soupçons.

— Je ne vais pas vous ennuyer plus longtemps, dit-il par antiphrase, car il s'agissait, justement, de poursuivre encore un peu ses demandes. La fille qu'on a trouvée à bord, vous la connaissez ? Elle est arrivée avec lui ?

Et, pour ne pas paraître sortir de sa mission consulaire, il ajouta :

— Elle est française ?

— Française ! Mame Fatim ? Elle voudrait bien et elle a tout fait pour ça.

Il y eut des ricanements. Plusieurs baissèrent les yeux. Aurel comprit qu'ils avaient tous côtoyé la jeune femme, et sans doute d'assez près.

— Mayères ne l'avait pas épousée ?

— Il en aurait bien été capable, si ça avait continué, dit le professeur en retraite. Pour ça, sauf le respect qu'on doit aux morts, c'était un sacré couillon.

Le patron entrechoqua des verres et Aurel sentit que c'était pour faire diversion. Il avait lancé au vieux prof un regard noir.

— C'est pas le tout, dit Ravigot en jetant un coup d'œil à la grosse montre de plongée jaune et noir qui ornait son poignet velu. Il faut que j'aille prendre la météo. Et les Anglais qui m'attendent à leur bord pour déjeuner…

Aurel était fermement congédié. Il referma son calepin et salua l'assistance. Personne ne bougea, à part lui. Il marcha lentement jusqu'à la terrasse, en évitant les fauteuils d'osier garnis de coussins à rayures bleues et blanches. Deux ventilateurs, au plafond, barattaient l'air moite et agitaient un écœurant mélange d'odeurs de poissons morts et de corps en nage. Parvenu à la porte-fenêtre qui donnait sur la terrasse, il s'arrêta un instant. Cela lui suffit pour tout enregistrer. Le club-house était situé en hauteur mais de sa terrasse on ne pouvait pas voir l'ensemble du bassin. À part le bateau du drame, seuls quatre voiliers étaient au mouillage. L'un d'eux devait abriter une famille car des vêtements d'enfants et de femmes séchaient, étendus sur des cordages ou posés au soleil sur les lattes chaudes des ponts. Tous ces bateaux étaient regroupés mais celui de Mayères était ancré à une grande distance des autres, dans l'angle opposé du bassin.

Aurel nota aussi que le long du quai étaient amarrées quantité de barcasses et d'annexes dont la plupart ne devaient jamais servir.

— Votre établissement est très agréable, lança-t-il tout de go, en se retournant vers le patron.

Cet effet-là aussi, il le connaissait bien. Dérouter ceux qui s'étaient copieusement moqués de lui en s'offrant une sortie flamboyante, si totalement inattendue qu'elle en devenait inquiétante.

— À titre personnel, j'ai beaucoup aimé cet endroit. Je reviendrai.

Aurel avait prononcé ces paroles sur un tel ton de majesté que les assistants en restèrent cois.

Avant de plonger dans la flaque de soleil qui inondait la terrasse, il sortit de sa poche une paire de lunettes noires. C'était un modèle conçu pour les glaciers qu'il avait trouvé en France dans un magasin de sport. Des caches en cuir sur les côtés retenaient totalement la lumière. Ainsi protégé du monde extérieur, il s'engagea dans l'allée sablonneuse qui menait à la sortie, en essayant de ne pas penser à ses pauvres chaussures.

II

Aurel rentra directement à l'ambassade. Il détestait le sourire des gendarmes qui gardaient la porte d'entrée. C'était toujours la même comédie. Conduite par un vieux Guinéen ridé qui avait connu la colonisation et les heures noires de Sékou Touré, la petite Clio blanche n'avait pas l'air d'un véhicule officiel. Contrairement aux grosses berlines sombres de l'Ambassadeur ou du Consul Général, son arrivée ne provoquait pas l'ouverture empressée du portail. Un gendarme sortait, s'approchait avec circonspection, se penchait à la portière.

— Ah, c'est toi, Mohamadou, disait-il en reconnaissant le chauffeur.

Puis, il remarquait Aurel, tassé à l'arrière, et le saluait.

— Oh, monsieur le Consul ! Excusez-moi. Je ne vous avais pas vu.

Tout ça avec un sourire qui en disait long. Ensuite, le gendarme ouvrait parcimonieusement un seul des battants et la voiture devait se faufiler dans l'espace étroit. Peu importait à Aurel ; il en avait vu d'autres. La vie l'avait doté, par la force des choses, d'une résistance inépuisable face à des vexations bien plus humiliantes. La Roumanie de Ceausescu, où il avait grandi, était à cet égard une école d'une exceptionnelle rigueur, qui armait à jamais contre la bêtise et le mépris.

La Clio le déposa devant le bâtiment consulaire mais il décida de ne pas y entrer tout de suite. Il traversa la cour d'honneur. Quatre jardiniers s'y affairaient autour d'une pelouse ornée de petits massifs de fleurs. Des jets d'eau donnaient un peu de fraîcheur. Il contourna la chancellerie et, en descendant quatre marches, gagna le service de coopération policière. Un planton guinéen le salua avec respect. Aurel lui en fut reconnaissant. D'une manière générale, il avait le sentiment que les Africains le traitaient avec plus d'égards. Il préférait ne pas donner à ce fait une explication raciale. Ce n'était pas parce qu'il était blanc et que tous les Blancs suscitaient encore souvent une sorte de crainte héritée des époques brutes de la colonisation. Il était convaincu que les Africains portaient une attention particulière et peut-être de nature magique à l'*esprit* des personnes qu'ils rencontraient. Aurel aimait penser qu'ils le respectaient parce qu'ils avaient décelé en lui une âme généreuse et pure.

— Le commissaire Dupertuis est dans son bureau ? demanda-t-il au planton.

— Oui, monsieur le Consul.

— Seul ?

— Il est avec le commissaire Babacar Bâ.

— Je peux le voir ?

— Je vais le prévenir.

Le planton téléphona.

— Il vous attend, monsieur le Consul.

Aurel emprunta le couloir qui lui était familier. De tous les chefs de service de l'ambassade, le commissaire Dupertuis était le seul qui lui témoignât de l'amitié. Il est vrai qu'Aurel avait déployé d'importants moyens de séduction à son égard. Ils s'étaient reconnu une passion commune pour les romans policiers et Aurel avait fait découvrir à Dupertuis des œuvres peu connues. Surtout, il lui avait fait une démonstration de ses talents de pianiste. Quand le commissaire avait donné une fête chez lui pour ses cinquante ans, Aurel avait accepté de jouer toute la nuit. Son répertoire de café-concert y était passé en entier. Les convives étaient ravis. Aurel n'avait commencé à boire que vers onze heures du soir. Quand il avait fallu l'évacuer ivre mort à deux heures du matin, il n'y avait déjà plus grand monde et personne ne s'en était aperçu.

Dupertuis était assis devant son bureau et son collègue guinéen installé devant lui sur un fauteuil en cuir. Le commissaire était un homme rondelet. Son visage lisse, à la peau luisante et rose, évoquait la bonhomie et la ruse d'un paysan élevé au grand air. Il était natif de Saint-Jean-d'Angély, ville dont il parlait souvent comme d'une capitale en déclin ; il semblait en avoir conservé lui-même, sous des dehors frustes et malgré la modestie de son extraction, un raffinement presque aristocratique.

— Entre, Aurel. Quel plaisir ! C'est toi qui remplaces Baudry pendant ses vacances ?

— Je ne sais pas encore. Mais c'est moi qui suis allé relever les informations consulaires à la marina.

— Drôle d'affaire, hein ? On en parlait justement avec Bâ. C'est lui qui est chargé de l'enquête. On est en Guinée, je n'ai aucun pouvoir de police judiciaire ici ; l'affaire relève de la police guinéenne. Pas vrai, Babacar ?

Le commissaire tenait visiblement à montrer à quel point il était respectueux de la souveraineté africaine.

— Vous avez des informations sur la victime ? avança prudemment Aurel.

— Il connaissait pas mal de monde ici, j'ai l'impression.

— C'est curieux pour un touriste. Vous savez qui il voyait ?

— Surtout les gens qui ont des bateaux. Par exemple le mari de la secrétaire de l'Ambassadeur. Un de nos gendarmes aussi, celui qui a gagné des compétitions de dériveurs en France. Plusieurs gars des services économiques. Sûrement beaucoup d'autres. Les gens m'appellent pour me demander des nouvelles depuis qu'ils ont su…

— Pourtant, je ne crois pas qu'il ait été immatriculé au consulat.

Aurel avait téléphoné depuis sa voiture avec le portable du chauffeur car lui-même, pour être tranquille, n'en possédait pas. Arlette, la responsable du fichier des Français enregistrés, avait fait de mauvaise grâce une recherche rapide.

— Tu sais ce que c'est, ces marins, gémit le commissaire. Ils ne se considèrent pas comme des résidents.

Aurel soupira, avec l'air navré qu'il prenait devant des officiels, à l'époque communiste en Roumanie, quand il ne connaissait pas l'opinion de son interlocuteur.

— Quand tu es arrivé, Bâ était en train de me raconter ce qu'ils ont découvert sur la scène de crime. Continue, Babacar.

Le Guinéen jetait des coups d'œil inquiets du côté d'Aurel.

— Tu peux parler devant lui. Aurel est un ami sûr. Et il a de bonnes idées, souvent.

Aurel sourit en inclinant la tête. Il est vrai que Dupertuis aimait le consulter sur ses enquêtes. C'était le fruit d'un long travail d'approche, commencé en discutant à propos des romans noirs et qui avait peu à peu dérivé vers les affaires réelles traitées par le policier.

— Comme je te le disais, reprit le commissaire Bâ, le Français a été tué d'une balle de gros calibre tirée presque à bout touchant, en pleine poitrine. Il y avait un coffre-fort dans une des cabines, il a été forcé sans difficulté. C'était un modèle assez basique. On n'a trouvé dedans ni argent, ni objets de valeur.

— Et la fille ?

— Elle dit qu'elle a été violée. On l'a découverte tout à l'avant du bateau, les pieds et les mains attachés, avec un bâillon en ruban adhésif.

— Elle a vu ses agresseurs ?

— Elle dit qu'ils étaient deux ou trois. Elle mélange un peu tout.

— Des Blancs ou des Africains ?

— Elle est incapable de les décrire. Elle prétend qu'elle dormait à l'avant et qu'ils l'ont tirée de son sommeil à coups de pied. Ils étaient encagoulés et il faisait nuit noire.

— C'est vrai qu'il n'y avait pas de lune la nuit dernière, précisa discrètement Aurel.

— Elle ne dormait pas dans la même cabine que ce… Mayères ? demanda le commissaire.

— Va savoir. Il y a plusieurs semaines qu'elle vivait sur son bateau. Mais qu'est-ce qu'ils faisaient ensemble…

— Tu m'as dit qu'elle était bien connue au yacht-club ?

— Oui, d'ailleurs on l'avait à l'œil depuis longtemps. On a un petit dossier sur toutes les filles qui traînent par là. C'est une Sérère qui est née au Sénégal dans la zone de l'arachide. Ses parents étaient des petits cultivateurs. Ils ont été ruinés par la chute des cours. À cinq ans, elle est arrivée avec sa famille dans les bidonvilles à l'entrée de Conakry. Elle a quitté l'école très tôt. Après avoir essayé différents petits boulots, elle s'est mise à traîner dans les bars. C'est une copine qui l'aurait amenée pour la première fois à la marina et elle a commencé à vivre aux crochets des plaisanciers de passage. La copine, d'ailleurs, a épousé un Autrichien et elle est partie pour l'Europe. On peut supposer que Mame Fatim avait la même idée en tête.

— Les gens des autres bateaux n'ont rien remarqué, rien entendu cette nuit ? demanda Dupertuis.

— On n'a pas fini de les interroger. Mais apparemment, personne n'a rien à dire.

— Il y a beaucoup de voiliers dans le bassin en ce moment ?

— Quatre. Deux couples de retraités anglais. Ceux-là étaient à terre la nuit du meurtre.

— Pour quoi faire ?

— Un safari-photo dans l'intérieur du pays. On a toutes les preuves.

— Les autres ?

— Une famille américaine avec des gosses.

Rien de suspect a priori. On vérifie. Et le dernier, c'est un Italien célibataire. Celui-là, on s'en méfie. Il a le bras très long ici et, d'après ce qu'on sait, il a un alibi en béton.

— Du genre ?

— Une femme.

Bâ avait l'air un peu gêné de parler devant Aurel. Le commissaire l'encouragea d'un signe.

— La fille d'un ministre. On ne va pas crier ça sur les toits. Mais tout le personnel l'a vu.

Les assistants baissèrent les yeux. Entre policiers, on sait comment se passent ces choses. Il y a des informations qu'il faut manier avec discrétion.

— Bref, conclut Dupertuis, rien du côté des bateaux.

— Il faut dire que le voilier de Mayères était amarré assez loin des autres, risqua Aurel, sans éveiller d'intérêt.

— Et le patron de la marina, il dort sur place ?

— Dans un bungalow, derrière, en bordure de l'avenue. Avec le bruit des taxis et des camions qui passent là toute la nuit…

— On a retrouvé le téléphone portable du mort ?

— Non, il a dû tomber à l'eau au moment du crime.

— Dommage, lâcha Dupertuis et, comme il ne perdait jamais une occasion de souligner l'état de dénuement de la police locale, il ajouta : on

34

ne va pas draguer le fond du bassin pour ça. C'est ce qu'on aurait fait en France. Mais je ne vois pas avec quels moyens techniques, ici…

Il se leva et passa derrière son bureau. Aurel, quand ils discutaient ensemble, avait noté que le commissaire aimait bien prendre ces attitudes de fin limier avant de livrer une hypothèse. S'il était tout à fait honnête avec lui-même, Aurel devait avouer que ces déductions étaient généralement assez simplettes, pour ne pas dire plus. Mais le policier les formulait sur un ton docte et il prenait toujours soin de les rattacher à un chapitre de sa formation. C'était une manière de s'assurer une autorité incontestable. Aurel devait toujours ruser pour avancer ses propres idées car elles réduisaient le plus souvent à néant les conclusions péremptoires du commissaire.

Pour que sa mimique ne laisse pas deviner ses pensées, il sortit son fume-cigarette et se mit à le mâchonner. Le commissaire lui fit signe qu'il pouvait l'allumer. Aurel tira deux ou trois bouffées âcres qui le cachèrent tout à fait.

— Ça me paraît finalement assez simple, ton affaire, mon petit Bâ, commença doctement Dupertuis. Les cas de ce genre ne manquent pas et les manuels de formation en regorgent : c'est le crime crapuleux par excellence. Un vieux Blanc riche. Il est là depuis six mois, il dépense ostensiblement, des gens l'observent et un jour ils débarquent à son bord. La seule question est de savoir si la fille est victime comme elle le prétend ou si c'est elle qui les a renseignés. Elle a vraiment été violée ?

— On l'a envoyée à l'hôpital pour qu'elle soit examinée. Ce qu'on peut dire, c'est qu'elle portait des traces de coups sur le visage et que ses liens étaient serrés jusqu'au sang.

— Ça ne prouve rien… rétorqua Dupertuis en s'asseyant à son bureau. Bon, comment est-ce qu'on peut t'aider ?

— Je ne sais pas encore. Si j'ai besoin d'un appui technique, je te le dirai.

— On sera toujours là pour toi, vieux.

— Merci. En attendant, on a mobilisé tous nos indics pour tâcher de trouver une piste. Si c'est des voyous du coin qui ont fait le coup, on ne devrait pas tarder à entendre quelque chose.

— Il faut guetter les billets de 500 euros, suggéra Aurel. Il paraît qu'il en sortait plein de son coffre.

— D'où tires-tu ça, toi ?

Aurel toussa comme si le fond de tabac blond qui grésillait dans le tuyau d'ambre l'avait intoxiqué.

— Eh bien, c'est le patron de la marina qui me l'a dit.

Dupertuis fronça un sourcil soupçonneux et fixa le petit consul.

— Et d'après toi, il y avait quelque chose d'autre dans ce coffre, des bijoux, de l'or, des titres ?

— Je vais essayer de savoir. Il faut que j'appelle la famille, son notaire…

Le téléphone du commissaire Bâ fit retentir un appel de muezzin. Il décrocha et parla longuement en langue pular. Pendant la conversation, Dupertuis s'adressa à voix plus basse à Aurel.

— Finalement, c'est moins intéressant que je ne l'avais espéré. Comme d'habitude ici, c'est une affaire basique.

Dupertuis aimait sincèrement l'Afrique et il entretenait de véritables amitiés avec ses collègues guinéens. On l'aurait beaucoup étonné en lui faisant remarquer qu'il parlait d'eux avec une condescendance qui n'était pas tout à fait sans évoquer la mentalité coloniale.

— Tu es d'accord avec moi, Aurel ?

Il posait toujours cette question avec une pointe d'inquiétude. Sans savoir d'où il tirerait ses idées bizarres, le commissaire s'attendait confusément à ce qu'Aurel fasse remarquer un détail qui grippait la belle mécanique de ses hypothèses. Aux échecs, c'était pareil, et il préférait ne plus jouer avec lui à cause de cela.

— Je suis tout à fait d'accord, opina Aurel.

Il n'y avait rien à y faire : plus il paraissait approuver d'abord, plus ses objections choqueraient et feraient passer sa première attitude pour de la fourberie. Autant y aller franchement. Il inspira profondément et ajouta :

— Mais… ce que je ne comprends pas, c'est pourquoi, si c'est un crime crapuleux, ils se sont donné la peine de hisser le corps en haut du mât.

Dupertuis accusa le coup. Il resta d'abord bouche bée, les yeux vagues. Puis il se redressa et tira sur les pans de sa vareuse.

— C'est comme ça, mon vieux. Les criminels ne sont pas des gens normaux. Ils ont des idées saugrenues.

Il se retint d'ajouter : « comme toi ». Aurel sourit avec humilité, à la manière d'un valet qui vient de recevoir un coup de bâton et reconnaît qu'il l'a mérité.

En sortant du bureau trop climatisé de Dupertuis, Aurel dut subir son calvaire quotidien : après une cour d'honneur encore un peu fraîche, grâce à l'ombre du palmier central et aux pelouses arrosées, il marcha sur le sol brûlant de l'allée qui menait au consulat. Les coursives du bâtiment qui avait été jadis un hôpital militaire étaient ouvertes sur l'extérieur. L'air moite s'accumulait dans ces boyaux, chauffait les carrelages et les peintures qui avaient pris au fil du temps des couleurs de farine cuite. Aurel vissa une nouvelle cigarette sur la tige d'ambre et l'alluma. Il se détendit comme si la fumée brûlante eût rafraîchi l'air. Il ne se donna pas la peine d'entrer dans son placard. Il savait ce qu'il avait à faire. En suivant la coursive du rez-de-chaussée, il alla jusqu'au service des visas.

C'était la salle des machines du consulat. L'endroit était tapissé de dossiers, une dizaine de personnes, hâves et les yeux cernés, étaient affairées derrière les guichets ou tapies dans des bureaux encombrés de paperasse. Aurel tenait ce lieu pour une illustration de l'enfer et surtout de l'absurdité. Dans la bousculade et l'agacement, le jeu consistait à demander à des Africains décidés à se rendre en France une quantité de documents inutiles qu'ils étaient obligés le plus souvent d'acheter à prix d'or à des faussaires. Engloutie par le service des visas, cette masse continue de papiers était mâchée, digérée, absorbée et ressortait sous forme de cachets apposés ou non sur les passeports. En cas de refus, les recours engagés généraient d'autres papiers. Tout le monde finissait par entrer en France, avec un visa ou sans. Le seul résultat de cette usine à gaz était de fabriquer des mécontents et d'épuiser le personnel.

Le chef de cette succursale de Lucifer se nommait Lemenêtrier. C'était un fonctionnaire en fin de carrière, et il était évident au premier coup d'œil qu'il ne survivrait pas à la retraite. Son visage au teint bistre ressemblait à un formulaire administratif qu'un usager devenu fou aurait rempli n'importe comment, à grands coups de rides, de taches, de boutons. Il était veuf et la rumeur, dans l'ambassade, voulait qu'il eût recours aux services de prostituées africaines très jeunes, et même mineures. Ce vice présumé lui valait un dossier chargé qui avait compromis depuis des années tout avancement.

Baudry, le Consul Général, en bon fonctionnaire, savait reconnaître et apprécier les cas d'esclavage volontaire ; il avait donc investi Lemenêtrier de sa confiance. Quand il partait en vacances, il le désignait comme responsable du consulat. En stricte logique administrative, ce rôle aurait pourtant dû revenir à Aurel, qui était d'un grade un peu plus élevé.

En allant voir Lemenêtrier, Aurel savait ce qu'il faisait. Il le trouva, comme d'habitude, le dos voûté devant une pile de dossiers. Il les étudiait en tenant ses lunettes de myope entre le pouce et l'index de la main gauche tandis que la droite était pourvue de la seule arme qu'il eût jamais maniée : un stylo-bille rouge. Il renifla en voyant entrer Aurel car il avait ce tic, comme si tout désagrément se fût transformé pour lui en mauvaise odeur.

— Bonjour Bernard.

— Oui, Aurel. Qu'est-ce que tu viens faire ici ? Tu as besoin d'un visa ?

C'était une plaisanterie que Baudry avait popularisée dans le consulat, une des minuscules vexations réservées à Aurel. Elle faisait référence d'une manière particulièrement élégante à son origine étrangère. Il lui opposait une impassibilité douloureuse, lèvres pincées et yeux baissés, qui remplissait de joie le Consul Général. Lemenêtrier reprenait la blague sans sourire, comme un simple rituel qui réaffirmait son allégeance au chef.

— Je suis allé faire les constatations consulaires à la marina, ce matin.

— Pourquoi à la marina ?

— Il y a eu un crime là-bas. Un Français a été assassiné.

Dans son bocal, Lemenêtrier était toujours le dernier au courant des nouvelles.

— Tu as appris ça comment ?

— Par hasard.

C'était vrai. Aurel, en arrivant à l'ambassade, était tombé sur un jeune policier guinéen que Bâ avait chargé de porter un message à Baudry. Aurel s'était emparé du pli, en affirmant qu'il le ferait parvenir à qui de droit, et naturellement il l'avait ouvert. Bâ avait griffonné quelques notes qui résumaient les premières constatations effectuées sur le bateau. Aurel avait profité de l'aubaine. Les questions criminelles représentaient à peu près la seule chose qui dans la vie pût encore l'exciter. Il s'était précipité à la marina.

— Je vais suivre le dossier, annonça-t-il avec emphase.

Lemenêtrier, en fixant Aurel, crispa les doigts sur ses lunettes et les fit vibrer sur son nez, comme s'il affinait leur mise au point. Il gagna du temps en faisant signe à Aurel d'éteindre sa cigarette. Puis il reprit un air indifférent.

— Et alors ?

— Alors, j'ai besoin d'un ordinateur et d'une connexion Internet. D'un téléphone relié à l'extérieur aussi. Je dois faire des recherches pour contacter la famille.

C'était une demande raisonnable mais elle contredisait les ordres de Baudry. Le plus simple pour trancher ce dilemme aurait été d'appeler le Consul Général sur son lieu de vacances. Mais il était en déplacement en Espagne et, par économie, il n'avait pas activé son portable. Lemenêtrier avait déjà essayé de le joindre la veille pour une affaire de visa sensible et n'y était pas parvenu. Hiérarchiquement, le responsable des visas n'avait pas autorité pour refuser quoi que ce soit à Aurel. Et il se méfiait de son habileté procédurière. Mieux valait céder.

— Bon, on va arranger ça.

— Tout de suite.

— Tout de suite.

— Autre chose : Hassan, le jeune gars qui s'occupe du courrier, sera placé sous mes ordres pendant la durée de… la procédure.

Il avait failli dire l'enquête mais s'était heureusement ravisé.

Lemenêtrier ne répondit rien, laissant l'avenir ouvert. Il ne s'opposait pas puisqu'il n'en avait pas le pouvoir ; mais il ne serait pas dit qu'il aurait formellement approuvé.

— Bonne journée, marmonna-t-il, et, après cette longue apnée, il replongea dans un dossier, pour y aspirer une longue bouffée d'oxygène bureaucratique.

Aurel fila dans son placard, en appelant Hassan au passage. Moins d'une heure plus tard, le jeune huissier, avec ses longs bras osseux et sa nonchalance souriante, avait déniché un terminal informatique, l'avait branché, allumé, connecté, relié à l'imprimante collective située sur le palier. Puis il était descendu au standard pour faire raccorder le téléphone aux lignes extérieures. Aurel, excité par la tâche qu'il allait entreprendre, avait été jusqu'à retirer son veston et dénouer son nœud de cravate. Il avait relevé le store qui masquait l'unique fenêtre de son placard car elle donnait sur la coursive ; d'ordinaire il ne voulait pas qu'on puisse le voir dormir, lire ou composer de la musique. Le bruit qu'il se passait quelque chose chez lui s'était assez rapidement répandu dans le bâtiment. Plusieurs secrétaires étaient passées devant son bureau sous des prétextes divers, étonnées de voir la porte ouverte et le store relevé. Il faudrait qu'elles s'habituent.

Aurel était extrêmement habile au maniement des ordinateurs. Pour être tranquille au bureau, il jouait à celui qui n'y connaissait rien.

En réalité, si une motivation personnelle existait, il était capable de se transformer en un geek accompli. Le clavier informatique l'excitait autant que celui du piano et, lorsqu'il posait les mains dessus, une joie exubérante s'emparait de lui.

Dès que Hassan eut installé l'appareil, Aurel pianota et obtint en un temps record une foule de renseignements concernant la victime.

Le regretté Mayères n'avait certainement pas été aussi à l'aise en informatique. Il ne possédait pas de page Facebook et n'avait guère laissé de traces directes sur la Toile. Cependant, il avait eu une carrière publique et les réseaux gardaient en mémoire quelques-unes de ses activités. *Le Dauphiné* avait publié plusieurs articles à son sujet, quand il avait été décoré de l'Ordre du Mérite par exemple ou au moment de la vente de son entreprise aux Chinois. Il vivait à Seynod, près d'Annecy, où il était une figure locale. Aurel ne s'attarda pas à lire tous ces documents. Il les archiva dans un dossier qu'il intitula « marina ». À ce stade, la seule chose qu'il cherchait était une image. Il n'en trouva pas de satisfaisante : on voyait toujours Mayères en groupe et en pied, de loin. Il continua ses recherches. Elles lui apportèrent d'autres renseignements précieux. Les coordonnées et le nom de son épouse, par exemple, la mention d'un frère décédé et d'une sœur médecin, mariée à un avocat de Lyon mais qui avait gardé son nom de jeune fille. Il trouva facilement le numéro professionnel du mari et celui d'un cabinet médical où figurait une Joce-lyne Mayères parmi les associés. Aurel regarda sa montre. Il n'avait pas vu le temps passer mais l'après-midi était déjà très avancé. À cause de l'heure de décalage qui existait avec la France en cette saison, il était trop tard pour trouver quelqu'un dans des bureaux. Il continua les recherches sur Internet. La nuit tombait rapide-ment sur Conakry. Hassan rôdait dans le couloir et Aurel comprit qu'il attendait son autorisation pour rentrer chez lui. Il habitait très loin et, avec les embouteillages du soir, il n'atteindrait pas sa maison avant deux bonnes heures. Aurel lui dit qu'il pouvait partir.

— Je fermerai mon bureau.

Le mot bureau s'était imposé pour la pre-mière fois à son esprit, à la place du terme pla-card. C'était un signe. Les gendarmes, un peu plus tard, vinrent constater avec étonnement ce phénomène : Aurel faisait des heures supplé-mentaires. Il ne les gratifia que d'un grogne-ment distrait et continua de mâchouiller son fume-cigarette. Car depuis quelques minutes, il tenait une piste. Enfin, vers vingt et une heures, il obtint ce qu'il n'espérait plus : une photo de Mayères en gros plan. Elle datait de plus de quinze ans. Elle figurait dans un trombinoscope de la Chambre de commerce et d'industrie de

Haute-Savoie où il avait brièvement exercé des responsabilités. Aurel l'agrandit, la recadra et la retoucha un peu pour atténuer le flou. Finalement, il en fit un tirage sur l'imprimante collective, après l'avoir rallumée. Mayères avait un visage carré, des traits aigus, un nez long et légèrement de travers, des sourcils épais. On aurait dit un portrait-robot, ou plutôt le portrait d'un robot, sans expression, dur, impénétrable, ni gai ni triste, sans humeur ni sentiment. C'était le visage d'un homme tendu vers l'action et pourtant enfermé en lui-même. Aurel ne prit pas le temps de le détailler. Il se contenta de fourrer le cliché dans une chemise en carton. Fébrilement, il enfila son veston et son manteau, ferma le bureau, quitta le bâtiment et trottina jusque chez lui en serrant le précieux document contre lui.

Il habitait une petite villa située à deux cents mètres de l'ambassade. Elle était noyée dans un jardin que ni Aurel ni ses prédécesseurs n'avaient entretenu. Une pelouse avait dû exister. Elle était envahie par les branches tombées des arbres et les buissons avaient débordé de leur parterre pour l'envahir. Des grappes de bougainvilliers mauves obstruaient les fenêtres du rez-de-chaussée et faisaient régner à l'intérieur une obscurité permanente. C'était cette ambiance de sépulcre qu'Aurel aimait.

Baudry avait interprété ce mode de vie comme un témoignage supplémentaire de la radinerie de son subordonné. Il est vrai qu'Aurel économisait ainsi les frais d'un jardinier. Mais c'était une conséquence et non la cause de sa décision. La vérité était que, dans la pénombre de ces pièces aux fenêtres envahies de végétation, il oubliait tout à fait qu'il vivait en Afrique. Sitôt entré chez lui, il se retrouvait, grâce à ses meubles et à ses livres, dans une ambiance d'Europe centrale. Une Europe centrale qui aurait subi l'influence de Paris, mais du Paris qu'il rêvait de connaître quand, adolescent, il subissait la laideur communiste. Le cœur de ce foyer Mitteleuropa était le piano qui le suivait dans tous ses déménagements. L'avantage du Quai d'Orsay, il fallait le reconnaître, était qu'il tolérait et même finançait ce genre de caprices. Où qu'il aille, et il avait déjà connu plusieurs destinations lointaines, son instrument, dûment emmitouflé dans des draps de feutre, suivait dans un conteneur.

C'était un piano droit, sans charme particulier, qui rendait un son métallique et avait fini par se désaccorder gravement. Deux touches en os étaient ébréchées. À vrai dire, c'était un piano de café-concert plus que de concert. C'est ce qu'Aurel aimait. Deux appliques en cuivre, au-dessus du clavier, lui permettaient de placer des bougies et de jouer à leur seule lueur.

Sitôt arrivé ce soir-là, Aurel ôta son pardessus, son costume, dénoua sa cravate et ouvrit sa chemise. La bannière flottant sur ses fesses osseuses, il s'installa au piano. Il tira la photo de Mayères de son dossier et la plaça sur le support à partitions.

Il se fit ensuite craquer les doigts, ouvrit le lourd clavier, ôta la feutrine. Alors, plongeant son regard dans celui du défunt qu'il contemplait en somme pour la première fois, il entama les premières mesures de *La Complainte de Mackie* et d'autres airs de Kurt Weill.

Il joua jusque tard dans la nuit, les dents plantées dans son tuyau d'ambre, sans quitter le mort des yeux.

III

— Le docteur Jocelyne Mayères, s'il vous plaît.

Le problème, comme toujours, c'était l'accent. Avec sa voix qui déraillait, ses « r » roulés et ses intonations de paysan du Danube, Aurel savait qu'il lui était difficile de se présenter à un inconnu au téléphone sous le titre « consul de France ». Cela sentait le canular et on lui avait plusieurs fois raccroché au nez.

— C'est moi.

Mieux valait ne pas essayer de prendre une diction « parisienne ». Aurel s'y était déjà essayé et le résultat était une sorte de miaulement qui se terminait en bafouillage.

— Je suis M. Aurel Timescu, dit-il en prononçant son nom à la roumaine. Consul de France à Conakry.

S'ensuivit un long silence qu'il ne sut comment interpréter.

— Allez-y, je vous écoute, dit finalement la femme au bout du fil.

— Il s'agit de votre frère, M. Jacques Mayères.
Toujours le silence.

— Voilà… il a eu un accident… Enfin, nous
n'en savons rien, en fait… on l'a retrouvé ce
matin sur son bateau… Il était… mort.

— On l'a assassiné.

La voix était claire, assurée, et la phrase n'était
pas une question.

— C'est-à-dire… probablement. Mais pourquoi dites-vous cela ? Il vous avait fait part de
risques particuliers, de menaces… ?

— À quelle heure sont les vols pour Conakry
de Paris ?

— Vous avez un Air France en début de soirée.

— Parfait. Je prends un TGV à La Part-Dieu
et je l'attrape.

— Attendez, nous pouvons parler un peu. J'ai
quelques questions à vous poser.

— Nous parlerons sur place. Il faut que je
règle pas mal de points pratiques avant de partir.

— Donnez-moi au moins un numéro de
portable. Je vous appellerai ce soir pour savoir
si vous avez réussi à prendre le vol et, demain
matin, je vous attendrai à l'aéroport. Vous n'au-
rez pas le temps de demander un visa. Il faudra
que je vous aide à en obtenir un à l'arrivée.

— Volontiers. Merci.

Aurel nota le numéro sur son calepin.

— Juste une question. Votre frère était marié ?

— Nous en parlerons.

— Il faut que je joigne sa femme.

— Elle vit à Hyères. Ils étaient séparés.

— C'est bien Me Hochard qui s'occupe de leurs affaires ?

— C'est leur notaire, oui. Maintenant, s'il vous plaît, laissez-moi. Nous parlerons de tout cela demain matin à mon arrivée.

Aurel raccrocha, puis resta un long instant à se remémorer la voix de cette femme. Il était aussi sensible aux sons qu'aux images, quoique les deux eussent le don d'évoquer en lui des choses différentes. Lorsqu'il écoutait *L'Opéra de quat'sous* et lorsqu'il regardait un tableau de Klimt, c'est la même époque qui lui revenait en mémoire mais avec une tonalité bien différente. De même, en entendant la voix de la sœur et en regardant le portrait de son frère défunt, il lui semblait pénétrer dans la même maison mais par des portes différentes. Il y avait chez l'un comme chez l'autre une même autorité, une égale dureté de façade. Les deux devaient avoir un sens de la décision, un entêtement, qui pouvait confiner à la brutalité… Mais, derrière cette apparence rude, la sœur partageait peut-être aussi la sensibilité qu'il soupçonnait chez le frère. Il en saurait plus en la voyant.

Il laissa ensuite un message à l'étude de Me Hochard qui était « en rendez-vous extérieur » pour la matinée. Aurel, au ton de la secrétaire, eut l'impression que le notaire devait être assez peu assidu. D'après ce qu'il avait lu à son sujet sur Internet, Hochard avait dépassé de beaucoup la soixantaine. Il devait commencer à lever le pied. D'ailleurs, la secrétaire proposa de mettre Aurel en relation avec un clerc de l'étude qui, probablement, devait abattre tout le travail. Il refusa et préféra parler au notaire lui-même.

Ces démarches avaient bien entamé la matinée. Aurel décida de se mettre en route pour le déjeuner. Il avait eu l'idée pendant la nuit, en se tournant et retournant dans son lit, d'aller faire un tour chez Fall, l'air de rien. En prévision d'une journée active, pendant laquelle il aurait besoin de se faire le plus discret possible, il n'avait pas mis son pardessus mais seulement une gabardine couleur mastic, serrée à la taille par une ceinture. Il n'y avait que lui pour penser qu'un tel vêtement pouvait le rendre invisible à Conakry, en pleine saison chaude.

Toujours dans un souci de relatif camouflage, il ne demanda pas l'usage de la Clio du consulat mais se contenta de héler dans la rue un taxi ordinaire. C'était une Fiat hors d'âge, décorée de housses en plastique rouge et de breloques chrétiennes : autocollants célébrant la Vierge, porte-clefs à l'effigie de saint Christophe et chapelet pendant au rétroviseur intérieur. Ces protections divines n'étaient pas superflues, compte tenu de l'état de la direction, des pneus et des freins. La voiture longea la corniche à faible allure puis s'engagea dans une petite rue en terre où de profondes ornières avaient été creusées pendant la saison des pluies. Tout au bout, entre deux entrées de garage, s'ouvrait l'étroit passage qu'il fallait emprunter à pied pour arriver chez Fall. Aurel paya le taxi (trop cher, mais il aurait été au-dessous de sa condition de marchander) et descendit vers le restaurant. On entendait déjà la mer, toute proche, qui battait les rochers. Dans le boyau en parpaings, le bruit était amplifié d'une manière presque terrifiante : à un rou-lement prolongé succédait le chuintement dra-matique des vagues qui se brisaient sur la côte. Deux gamins jouaient au foot avec une balle en chiffons. Pris par le jeu, ils bousculèrent Aurel sans s'excuser.

À la sortie de ce boyau, Aurel déboucha dans le restaurant lui-même. La salle était en fait une terrasse couverte de cannisses qui avançait jusque sur la mer. Les gerbes d'écume blanchissaient le rivage alentour. Au-dessous de la terrasse, l'eau, piégée sous les pilots de béton, émettait un son étouffé. Du côté de la mer, la rambarde en pierre avait été un peu rehaussée pour évi-ter que des lames plus fortes n'éclaboussent les premières tables.

Il était à peine midi et seuls deux clients iso-lés avaient commencé de déjeuner. Aurel n'était venu qu'une fois, au moment de son arrivée.

Baudry s'était fendu d'une invitation à dîner, moins par politesse que pour pouvoir dire par la suite qu'il avait accueilli Aurel sans préjugé et souligner du même coup son ingratitude. Et il l'avait emmené chez Fall pour ne pas se ruiner.

Fall, le patron, qui avait donné son nom à l'établissement, était occupé à la cuisine. Une jeune serveuse, le corps moulé dans une robe très ajustée et très courte, plaça Aurel à une mauvaise table située dans le passage, vers l'entrée et loin de la mer. Le lieu était réputé pour son personnel, choisi par Fall lui-même sur des critères bien particuliers : il ne voulait que des femmes, jeunes et jolies, dont le port, le sourire, l'attitude laissaient espérer à ses clients des faveurs qu'elles n'étaient pourtant pas autorisées à monnayer, au moins pendant le service. La clientèle était très majoritairement composée d'expatriés. On aurait cherché en vain les familles avec enfants, qui préféraient les restaurants des grands hôtels, où des piscines et des aires de jeux permettaient d'occuper la marmaille ; où, surtout, les maris n'auraient pas eu le regard distrait par des croupes trop généreuses et des poitrines tendues.

Le lieu attirait plutôt les célibataires qui venaient seuls ou en groupe, prenant parfois prétexte de « repas d'affaires » pour traîner avec leurs semblables. Baudry était un habitué. En somme, on retrouvait là le même type de clients qu'au club-house de la marina, et c'était bien ce qui intéressait Aurel.

Fall avait la mémoire des visages. C'était pour lui un atout commercial de première importance. Les gens aiment être appelés par leur nom, reconnus. Pour les solitaires qui faisaient l'essentiel de sa clientèle, il était particulièrement agréable de se sentir choyé, comme en famille. Fall reconnut immédiatement Aurel pour l'avoir vu plusieurs mois auparavant en compagnie du Consul Général. Il était bien possible aussi que Baudry l'ait amusé comme il le faisait partout avec les frasques de son subordonné. De toute façon, avec son pardessus, ses lunettes de soudeur et son fume-cigarette entre les dents, Aurel Timescu passait rarement inaperçu… Fall posa son torchon et entra dans la salle pour le saluer.

— Comment allez-vous, monsieur le Consul ? Quel honneur !

Fall était un Soussou originaire du Sud. Il était assez enveloppé et son plaisir, en cuisine, était de goûter les plats. Il se faisait préparer, avant et après le service, de copieux échantillons de tous les articles du menu. Il avait des yeux ronds très mobiles et une grosse lippe qu'il exagérait, sachant qu'elle lui donnait cet air ingénu et rigolard qui rassure les Blancs.

— Vous avez deux minutes, Fall ?

— Bien sûr, monsieur le Consul.

— Alors, asseyez-vous, je vous prie.

Compte tenu de la réputation de bizarrerie d'Aurel, cette invite inquiéta un peu le restaurateur. Mais il respectait trop l'autorité pour refuser.

— Vous connaissiez un certain Mayères ?

— Oui ! s'écria Fall en s'essuyant les mains sur son tablier blanc. J'ai appris la nouvelle. C'est terrible.

— Terrible, en effet. Il venait souvent chez vous ?

— C'est-à-dire, surtout au début. Quand il est arrivé, il se faisait à manger sur son bateau, mais vous savez comment c'est. De temps en temps, on a envie de voir du monde.

— Des filles ?

Fall plissa le nez. Il n'aimait pas trop qu'on considère son établissement comme une maison de passe.

— Sans doute.

— Il avait des copines régulières ou il louait les services de professionnelles ?

Au mot « professionnelles », Fall se devait tout de même de réagir.

— Je n'en sais rien. Il n'y a pas de « professionnelles » ici.

— Il pouvait en amener.

— La plupart du temps, il venait seul.

— Et sa dernière copine ?

— Je n'en sais rien.

Fall avait vu entrer deux clients, des habitués,

et il les saluait avec un grand sourire. Il revint à Aurel en laissant pointer sa mauvaise humeur.

— Ce n'est pas gentil de me taquiner, monsieur le Consul. Vous savez déjà tout. Et j'ai du travail…

— Je sais ce que tout le monde sait. On l'a trouvé sur le bateau avec une fille et elle avait l'air de vivre avec lui depuis quelque temps. Vous la connaissez ?

— Vaguement.

— Mame Fatim, ça vous dit quelque chose ?

— Ah ! Oui… Mame Fatim, répéta Fall distraitement, car il lui tardait d'aller rejoindre des clients sérieux.

Aurel faisait rouler son fume-cigarette entre ses doigts et le regardait comme un acteur américain qui l'avait impressionné quand il était jeune. Mais cette pose qui était censée le rendre intéressant laissait Fall complètement indifférent. Il y avait des moments où Aurel aurait aimé être grand et fort et pouvoir en imposer. Au lieu de cela, il fallait sans cesse qu'il ruse.

— Écoutez, siffla-t-il en coulant vers le patron un regard implorant, je ne vais pas vous prendre beaucoup de votre temps, mais j'ai besoin que vous me parliez de cette fille. Il y a pas mal d'argent en jeu.

Au mot « argent », que ce soit le sien ou celui des autres, Fall dressait toujours l'oreille. S'il y avait de l'argent en jeu, c'est qu'on entrait dans le domaine de ce qu'il appelait « les choses sérieuses ».

— Il a laissé un magot ?

— Peut-être.

— Qu'est-ce que vous voulez savoir ?

— Ce que vous pouvez me dire sur cette fille, insista Aurel. Elle a travaillé ici ?

Pour une gamine pauvre qui voulait approcher les Blancs, le restaurant de Fall était une étape assez logique.

— Pas longtemps.

— Quand était-ce ?

— L'an dernier, juste après l'hivernage.

— Elle est partie de son plein gré ou vous l'avez mise à la porte ?

— Un peu les deux. Elle a franchi la ligne rouge et elle savait ce qui l'attendait.

— C'est-à-dire ?

— Elle a mis le grappin sur un Hollandais qui venait ici régulièrement.

— Parce que les autres… ? demanda Aurel en faisant un mouvement de menton vers les serveuses.

— Les autres, elles sont discrètes. Elle, elle s'affichait carrément. Elle est même venue dîner une fois avec lui, comme une cliente. Alors, je lui ai dit qu'il fallait qu'elle se cherche du boulot ailleurs.

— C'est là qu'elle est partie à la marina.

— Pas tout de suite. Elle a d'abord vécu aux

crochets du Hollandais. C'était un ingénieur. Il était en mission ici pour la rénovation du barrage.

— Marié ?

— Bien sûr. Quand elle a compris qu'il ne quitterait pas sa femme, elle a pris ce qu'elle pouvait prendre et elle est passée à autre chose. C'est comme ça, ici, pour des filles qui n'ont rien. Le temps ne joue pas en leur faveur.

Le restaurant se remplissait peu à peu et Fall recommençait à jeter des regards désespérés vers la salle. Tout à coup, il eut une idée pour se débarrasser d'Aurel.

— Si vous voulez, je fais venir Aminata. Elles étaient très copines.

Sans attendre la réponse d'Aurel, il se leva et partit en courant à la cuisine. Une serveuse arriva bientôt et Aurel lui proposa de s'asseoir.

— Je ne peux pas. Le service…

— N'ayez pas peur. D'ailleurs, c'est Fall lui-même qui vous a désignée.

Aminata était une mince jeune fille aux traits fins. Elle avait coiffé ses cheveux en arrière et son court chignon dégageait une nuque très longue qui lui donnait un air de biche. En même temps, son œil était froid : elle avait détaillé Aurel en un instant. Il sentait qu'elle l'avait immédiatement classé dans la catégorie des minables.

— Vous connaissez bien Mame Fatim, je crois ?

Elle le regarda en coin et il la vit tressaillir. Un amant jaloux ? pensait-elle. Se pouvait-il que Mame Fatim soit descendue si bas ? Elle répondit prudemment.

— Un peu.

— Je… m'intéresse à elle, voyez-vous. Que pouvez-vous m'en dire ?

— Je ne l'ai pas vue depuis un bon moment.

Apparemment, Aminata ignorait tout de l'assassinat de Mayères.

— Vous n'avez pas eu de ses nouvelles ces derniers temps ?

Aurel se montrait très intéressé ; il était nerveux, fébrile, et la fille l'observait avec étonnement. Dans son monde, on est habitué à penser en termes de séduction et de désir. Elle était certaine que ce pigeon-là était pincé. Il y avait souvent des histoires avec des hommes amoureux qui se faisaient larguer et qui essayaient par tous les moyens de rattraper celle qui les avait plaqués.

— Non, fit Aminata, en papillotant des yeux. J'ai seulement croisé son copain il y a une dizaine de jours. Il habite dans mon quartier.

— Son copain ?

Elle avait voulu rendre service à son amie en mentionnant l'existence de ce copain. Si Aurel était un amoureux éconduit, ça pouvait le calmer. Elle se méprit sur son expression et prit pour du dépit ce qui était surtout une profonde surprise.

— Elle a un copain ? Vous voulez dire un fiancé ?

La fille sourit avec un peu de malignité.

— On peut le dire comme ça.

— Comment s'appelle-t-il ?

— Lamine.

— C'est un Guinéen ?

— Oui, pourquoi ?

La fille continuait visiblement de s'amuser de l'air bouleversé d'Aurel.

— C'est très important, ce que vous me dites là. Ce Lamine est *toujours* son petit ami ? Vous savez qu'elle vivait avec un Français sur un bateau ?

— Non, je ne savais pas.

— Et où est-ce que je peux le trouver, ce Lamine ?

À ces mots, Aminata commença à prendre peur. Et si ce pauvre type cherchait le scandale ? Il était capable d'aller demander des comptes à Lamine. Elle voyait d'ici la scène.

— Je ne sais pas où il habite, répondit-elle rapidement.

Son air affolé, sa précipitation firent comprendre à Aurel qu'il y avait un malentendu. Il sentit qu'elle allait trouver le premier prétexte pour s'enfuir. Alors, il joua le tout pour le tout. Il sortit une carte de visite de sa poche et griffonna dessus son numéro de portable. Les mots « Consul de France » faisaient toujours leur effet.

C'était assez lâche, il le savait. Toutes ces filles rêvaient de partir et leur grand problème était le sacro-saint visa Schengen. En se déclarant consul, Aurel devenait tout à coup prodigieusement intéressant. La valeur qu'il n'avait pas en lui-même, il l'acquérait par sa fonction. La fille leva les yeux de la carte de visite et le gratifia d'un sourire qui pouvait tout laisser promettre. Du coup, ce fut Aurel qui se troubla. Il recentra vite la conversation pour diminuer son embarras.

— Mame Fatim est en prison. Il faut l'aider. Je *veux* l'aider.

— En prison ?

— Le Français avec qui elle vivait a été assassiné ce matin. On la soupçonne. Il faut que je parle à son copain.

Cela faisait beaucoup d'informations et la gamine était désemparée. Tout ce qu'elle retint, c'était qu'elle pouvait rendre service à un consul de France. Elle saurait le lui rappeler en temps voulu.

— Il habite derrière l'aéroport. Vous voyez le village de Yoff ?

— Bien sûr.

C'est un des faubourgs de Conakry, assez modeste, et qui sert volontiers de repaire à la pègre.

— Il y a un restaurant éthiopien. Un seul ; c'est facile à trouver. L'appartement de Lamine est juste en face, au premier étage.

— Vous connaissez son nom de famille ?

— Touré.

— Merci, dit Aurel.

Il posa la main sur le fin poignet de la serveuse et le serra. Les larmes lui venaient aux yeux. Il avait toujours voulu se débarrasser de cette émotivité stupide mais il n'y avait rien à faire. Aminata sourit d'un air modeste, avec ce regard par en dessous, à la fois timide et chargé de sensualité, qui faisait son succès auprès des clients. Mais Aurel, loin de répondre sur ce même registre, lâcha sa main et sortit un mouchoir pour s'essuyer les yeux. Elle se dit que, décidément, c'était un drôle de type, sans doute pas tout à fait normal. Elle se prit même à regretter de lui avoir fait des confidences. De toute façon, c'était trop tard. Elle retourna à son service.

Aurel se plongea dans la carte et déjeuna d'une paire de sardines grillées, arrosées de citron et servies avec du riz rose.

Pendant qu'il mangeait, Fall prit garde à ne pas s'approcher de lui. Ce n'est pas non plus Aminata qui lui apporta les plats, mais une autre serveuse au visage fermé.

Aurel mit à profit ce temps pour penser à l'affaire. En regardant les tables autour de lui, il essayait d'imaginer la silhouette de Mayères. Un homme de dos déjeunait, accompagné d'une Africaine. Aurel se demandait si Mayères avait choisi ce lieu du monde, s'il l'avait aimé ou si

63

d'autres raisons l'avaient retenu à Conakry malgré lui. Quel charme pouvait-on trouver à une telle vie ? Il y avait le soleil toute l'année, d'accord, mais pour Aurel ce n'était pas un avantage. Au contraire, il aimait les saisons et n'en aurait jamais sacrifié trois pour vivre dans un perpétuel été. La mer ? C'est le lieu où tout finit, où la roche des montagnes, usée par le temps, vient terminer sa course, sous forme de grains de sable. N'est-ce pas ce que Mayères avait fait, en quittant les sommets de sa Haute-Savoie pour finir sur ce rivage ? Dans quel état d'esprit était-il ? Fallait-il l'imaginer heureux ? Ou bien, revenu de tout, s'était-il abandonné aux manigances d'une fille dont il ne pouvait pas ignorer qu'elle en voulait à son argent ?

Surtout, il y avait ce détail, auquel Aurel ne pouvait cesser de penser : pourquoi l'avait-on suspendu en haut de son mât ?

Il demanda l'addition et se cala dans un taxi, toujours habité par cette image.

En rentrant au bureau, Aurel trouva Hassan tout affairé. Il avait répondu au téléphone en son absence et venait de raccrocher avec le notaire Hochard.

— Tu lui as annoncé la nouvelle ?

— Pas besoin. Il était au courant.

— Par la sœur ?

— Oui.

— Je vais le rappeler. Tu as sa ligne directe ?

Aurel ôta sa gabardine. Il avait monté les escaliers quatre à quatre et des relents de sardine grillée lui faisaient craindre une indigestion. En temps normal, il aurait fait une heure de sieste. Mais l'excitation de l'enquête l'avait gagné et il décrocha le téléphone tout de suite.

— Maître Hochard ?

— Lui-même.

— Aurel Timescu, consul de France à Conakry.

— Merci de rappeler, monsieur le Consul. Quelle terrible affaire ! Vous pouvez me donner des détails ?

Le notaire savait seulement que Mayères était mort, mais il ignorait dans quelles circonstances. Aurel résuma l'affaire.

— C'est affreux, affreux !

Hochard avait la voix d'un homme en mauvaise santé. Il respirait bruyamment et ses phrases étaient entrecoupées de quintes de toux.

— Vous le connaissiez depuis longtemps ?

— Jacques ? Depuis toujours. J'étais un ami de son grand frère. Nous allions dans la même école, à Seynod.

— Ensuite, il vous a confié ses affaires ?

— Depuis le début. J'ai suivi toute son ascension. Ses parents étaient des gens très modestes qui vivaient à la dure. Jacques a commencé dans la toute petite scierie familiale. Puis, il en a hérité et il l'a fait grandir, grandir. C'est devenu une très grosse entreprise, de taille internationale. Moi, je me suis installé à Lyon. Ce n'était pas très commode pour lui ; pourtant, il n'a jamais voulu d'un autre notaire.

— Vous êtes intervenu dans la vente de son entreprise ?

— Parmi d'autres. Pour des affaires comme ça, il y a toujours pas mal d'hommes de loi. Les acheteurs avaient les leurs. Jacques a pris un avocat et il y avait aussi un consultant. Mais j'ai été associé à tout.

— Ça représentait un gros montant, j'imagine.

— Très gros.

— Pardon de vous demander cela mais la question se pose, compte tenu des acheteurs qui étaient chinois…

— Chinois, oui, de Chine populaire. Une grosse boîte basée dans le Nord, à Dalian, l'ancien Port-Arthur.

— Donc, ma question : est-ce que tout a été payé… en France ?

Aurel n'entendit plus rien au bout du fil pendant un long moment. Il crut que le notaire était muet d'indignation. En réalité, il s'étouffait de rire. Des borborygmes et une série de crachats laborieux marquèrent son retour au sérieux.

— Pardonnez-moi. Vous m'avez fait… m'étrangler.

— Qu'est-ce qu'il y a de si drôle ?

— C'est que… vous ne connaissiez pas Jacques, bien sûr. Sans quoi vous n'auriez jamais posé une question pareille.

Hochard était encore essoufflé. Il respira profondément pour se calmer.

— Voyez-vous, monsieur le Consul, Jacques Mayères était un patriote mais le mot n'est pas assez fort. En plus, il est ambigu. On pourrait croire que je parle de politique. En réalité, ce n'était pas un nationaliste réactionnaire ; c'était même plutôt un homme de gauche. Un patron de gauche, vous voyez ? Nous n'étions pas d'accord sur ces sujets…

En même temps qu'il écoutait, Aurel avait affiché la photo de Mayères en gros plan sur l'écran de son ordinateur.

— Mais, à part cela, il était amoureux fou de la France. Pour lui, la France n'était pas seulement un pays. C'était plus même qu'une religion. Il aimait la France… comme on aime une femme. La comparaison est mal choisie pour lui, d'ailleurs. Je ne suis pas certain qu'il ait jamais vraiment aimé une femme.

— Pourtant, objecta Aurel, il a vendu son entreprise à des Chinois.

— Eh oui ! La mort dans l'âme, je peux vous le garantir. Il a cherché des repreneurs partout. Mais la crise est là et, en France aujourd'hui, personne ne veut faire un investissement pareil. D'autant que, je vous l'ai dit, c'était un patron généreux : ses employés étaient bien payés. Trop bien payés pour certains. D'ailleurs, les Chinois, qui lui avaient promis de garder tout le monde, ont mis immédiatement en préretraite ou au chômage près de la moitié des effectifs. Jacques en était malade.

— Donc, il a touché tout l'argent en France.

— Tout. Et il a payé un maximum d'impôts. On aurait cru qu'il en était fier. Il ne disait jamais combien il avait vendu sa boîte, mais il annonçait à tout le monde le montant qu'il avait lâché au Trésor public.

— Et à votre avis, combien avait-il tiré de cette vente ?

— Il m'est impossible de vous le révéler. Secret professionnel.

— Un ordre de grandeur ?

— Plusieurs dizaines de millions d'euros.

— Dites-moi, maître. Je crois savoir qu'il était marié.

— Il l'est toujours. Il y a belle lurette que sa femme et lui ne vivent plus ensemble mais ils sont toujours mariés.

— Sous quel régime ?

— Communauté.

— Ils sont séparés ?

— En pratique, mais pas légalement.

— Donc, tout revient à sa femme ?

— C'est à vous de me dire, monsieur le Consul, ce qui lui revient.

— Comment cela ?

— Jacques, après avoir vendu son affaire, n'a rien laissé en France. Il a un malheureux compte au Crédit Agricole pour lequel il m'avait donné procuration. En tout, attendez voir, j'ai le dernier relevé, il y a... 12 359 euros.

— Où est le reste ?

— Il l'a emporté avec lui.

Aurel, qui se balançait sur sa chaise, faillit perdre l'équilibre.

— Comment dites-vous ?

— Vous avez bien entendu : Mayères est parti avec tout son argent. Tout ce qui lui restait après avoir acheté son bateau et fait quelques donations à des œuvres. Il a laissé à sa femme de quoi acquérir un appartement sur la Côte d'Azur puisque c'est là qu'elle aime vivre. Ensuite, il est parti.

— Ce qui veut dire que sur son bateau il transportait plusieurs dizaines de millions d'euros ?

— Je le crains.

Pendant le silence qui suivit, Aurel fixa sur l'écran le visage de Mayères. Il y découvrit soudain une expression nouvelle. Derrière l'œil fixe et dur brillait une petite lueur maligne, comme une ébauche de sourire. Pas un sourire social, pas un sourire anonyme, adressé à tous. C'était plutôt un sourire intérieur, ironique et même triste, une manière de juger la vie et d'en tirer les conséquences. Aurel, bizarrement, eut l'impression que ce sourire, Mayères le lui adressait personnellement, comme le clin d'œil d'un criminel à un complice.

— Allô, vous êtes toujours là, monsieur le Consul ?

Aurel se passa la main sur le visage.

— Oui, oui, excusez-moi. Je réfléchissais.

— Cette nouvelle a l'air de vous bouleverser.

— On ne vous a pas dit, probablement, que le coffre du bateau avait été ouvert et dévalisé.

— Non !

Ce fut au tour du notaire d'accuser le coup.

— Un crime crapuleux, alors ? dit-il d'une voix blanche.

— C'est ce que nous pensons.

Pourtant, en cet instant, Aurel pensait à tout autre chose : le corps hissé sur le mât.

Après un long moment de silence, Aurel reprit sur un ton plus vif.

— Je suppose que vous allez vous occuper de la succession.

— Ce sera vite fait, s'il n'y a plus rien.

— La seule héritière sera sa femme, d'après ce que je comprends. La famille est assez réduite. Ils n'ont pas eu d'enfant ?

— Si. Très tard, d'ailleurs, et avec difficulté. Aimée a fait plusieurs fausses couches. Elle a dû suivre un traitement. Finalement, ils ont eu une fille qui s'appelait Cléo.

— Qu'est-elle devenue ?

— C'est un grand malheur. À dix-neuf ans, elle est tombée dans la drogue. Héroïne, sida. Elle a vécu un vrai calvaire. La gamine est morte d'une overdose il y a deux ans.

— Je comprends, dit sobrement Aurel qui ne voulait pas penser à de tels drames, de peur de fondre en larmes. Donc, pour revenir à la succession, vous me confirmez qu'il ne reste que sa femme ?

— Sa femme et sa sœur, que vous avez eue au téléphone et qui arrive demain. Mais toutes les décisions ont été prises par Jacques depuis des années pour que sa femme soit sa seule héritière.

— Vous l'avez prévenue ?

— Pas encore. Je vais lui envoyer un mail.

— Elle n'a pas le téléphone ?

— Si, mais je ne tiens pas à lui parler.

— Pour quelle raison ?

Le notaire semblait embarrassé. Il hésitait.

— C'est que… au moment des séparations, bien souvent, vous savez comment les choses se passent…

— Vous voulez dire que vous avez choisi votre camp.

— Oh, choisi, c'est un mot bien impropre. À vrai dire, je n'ai jamais eu l'impression d'avoir un choix à faire. Mon ami, c'était Jacques. Elle…

— Comment est-elle ?

— Me permettez-vous de ne pas répondre à cette question ?

— Il va pourtant falloir que je l'appelle, moi.

— Eh bien, conclut le notaire sur un ton pointu, vous vous ferez une idée par vous-même.

IV

Le temps, dans la maison d'Aurel, s'était volontairement arrêté à la première moitié du XXᵉ siècle. C'était l'univers du rêve. Il pouvait par exemple rester des heures devant une photo de classe qui représentait son aïeul, le père de sa mère, qu'on appelait le rabbin Kahen, avec ses élèves à l'école juive de Timisoara. Aurel regardait chacun des enfants, qui devaient être morts maintenant ou très âgés, et il imaginait leur vie. Parfois, c'était sa grande famille paternelle, assemblée autour du prêtre pour une fête catholique, qu'il regardait. Son père était facteur, huitième enfant d'une fratrie de douze. Tous les ans, il se rendait à la campagne près de Brasov et se devait de participer au grand rassemblement familial qui se tenait à la fin de l'année. La plupart de ces visages de paysans étaient inconnus d'Aurel mais il ne se lassait pas de scruter leurs traits rudes. À la fin, l'esprit gonflé par toutes ces existences, il se mettait au piano. Il jouait des heures pour épancher cet œdème affectif qui, sinon, se serait écoulé en larmes.

Depuis qu'il s'était attelé à l'affaire du meurtre de la marina, Aurel était imperméable à toute autre émotion. Mais son aptitude à la rêverie, comme un muscle exercé par le sport, donnait une grande force à ses évocations de Jacques Mayères et du petit monde qui commençait à apparaître autour de lui. Toutefois, pour que l'imagination puisse opérer pleinement, la photo du défunt ne lui suffisait pas. Il lui fallait emmagasiner un peu plus de combustible tiré de la réalité. C'est pourquoi il continua ses recherches sur Internet chez lui avec son ordinateur personnel.

Il commença par la femme de Mayères. Il avait prévu de l'appeler le lendemain à la première heure convenable. Il imaginait qu'elle ne devait pas se lever très tôt. Mais auparavant, il voulait en savoir un peu plus sur elle, puisque le notaire n'avait rien voulu en dire.

D'après la fiche qui lui avait été communiquée par le service de l'état civil de la mairie de Seynod, Jacques Mayères avait épousé le 1er juin 1969 Mlle Aimée Agathe Camille Delachat, née le 5 octobre 1949. En poursuivant ses recherches, il trouva, à Seynod, plusieurs familles Delachat, sans doute apparentées entre elles par des relations de cousinage. Une des branches avait donné son nom à une entreprise de travaux publics importante. Elle avait assuré la maîtrise d'œuvre de plusieurs grands équipements comme l'hôpital d'Annecy ou la construction des infrastructures des jeux Olympiques d'Albertville.

En 1969, quand Mayères et sa fiancée s'unissent, il a dix-neuf ans et elle vingt. Aurel portait la plus grande attention à l'âge auquel les gens s'étaient mariés. Cela éclairait à ses yeux une partie importante de leur personnalité. Pour les hommes qui ont connu une grande réussite professionnelle, ce critère permet de distinguer deux catégories. Il y a ceux qui se concentrent exclusivement sur leur travail et ne songent au mariage qu'après avoir amassé leur fortune. On peut penser que ceux-là ont trouvé eux-mêmes l'énergie pour agir et la volonté de changer leur condition. Tandis que d'autres, comme Mayères, se marient très jeunes et partagent leurs années d'efforts et d'ascension sociale avec leur épouse. De là à penser que leur désir de réussite ne vient pas d'eux seuls mais qu'il leur a été insufflé par leur conjointe, il y a un pas que l'on ne peut pas toujours franchir. Mais enfin, la question se pose.

S'agissant de Mayères, Aurel trouvait que cette hypothèse lui allait assez bien. Le dur, le travailleur, l'homme d'affaires avisé n'était pas devenu un tendre sur le tard. S'il s'était livré pieds et poings liés à cette Mame Fatim, c'était sans doute qu'il y avait en lui depuis longtemps cette tendance à se dévouer pour une femme. Aurel, en le regardant, tentait de retrouver ses traits de vingt ans. C'était un exercice qu'il faisait d'habitude plutôt dans l'autre sens, quand il contemplait des photos d'enfants et qu'il cherchait à deviner quels hommes ils avaient pu devenir.

Il alla chercher une bouteille de tokay et en but presque la moitié d'un coup. Puis il se mit au piano, toujours face au portrait de Mayères. Il se laissait guider par son inspiration et s'étonnait de voir sortir du clavier des mélodies de Satie. Dans le chaos un peu douloureux des *Gymnopédies*, le visage de Mayères se dépouilla. Éclairés par la seule lumière des bougies, les rides s'effaçaient, les cheveux reprenaient de l'épaisseur… Il avait vingt ans. C'était un gamin écrasé par un père autoritaire, un petit dernier auquel on n'avait pas réservé beaucoup d'attention. Un soir, dans un bal, il rencontre une fille un peu plus âgée que lui. Elle est enfant unique, ses parents ont dû la choyer. Et ensuite… Aurel fixait le portrait et son esprit l'entraînait loin. Il testait différentes hypothèses et regardait si elles pouvaient coller avec ce visage toujours énigmatique, quoiqu'il commençât à lui devenir familier.

Aurel avait besoin de fumer. Il avait tellement mâchouillé son fume-cigarette en ambre qu'il s'était troué. Il alla en chercher un autre et choisit un embout en bakélite et en ivoire qu'il avait acheté à Istanbul bien des années plus tôt. Il y fixa une blonde sans filtre, l'alluma et fit une grimace en aspirant la fumée car elle avait le goût du tuyau froid. Il chassa cette âcreté en buvant une longue rasade de vin blanc et se remit à rêver.

Il ne voyait pas le temps passer pendant que son esprit s'évadait ainsi. Il s'endormit sans s'en rendre compte. La matinée était déjà avancée quand il se réveilla, couché en slip dans le canapé à côté du piano. Deux bouteilles de tokay vides jonchaient le sol. Il avala un comprimé pour le mal de tête. Puis il alla se faire un café, s'habilla et fila au consulat. Il avait promis à la sœur de Mayères d'aller la chercher à l'aéroport. L'avion arrivait à midi. Il avait encore un peu de temps. Il demanda à Hassan de lui rapporter un expresso du service des visas. Il fallait pour cela parlementer avec une des secrétaires qui collectait les sous pour acheter les dosettes. Hassan, avec ses grands yeux et son sourire, y parvenait mieux que lui.

Ensuite, il établit un plan de bataille pour la journée. Hassan, justement ; il allait le lancer sur les traces du fameux Lamine, le copain de Mame Fatim. En milieu guinéen, il valait mieux quelqu'un du cru pour mener l'enquête. Aurel savait que la présence d'un toubab, un Blanc, excitait toujours les gamins des quartiers. Il risquait d'être immédiatement entouré par des grappes d'enfants qui crieraient « argent ! stylos ! bonbons ! », etc.

Hassan revint avec le café. Il lui donna ses instructions et lui conseilla de se mettre en route tout de suite. Quant à lui, avant d'interroger la sœur, il devait prendre des nouvelles de l'enquête, officielle, en passant voir le commissaire. Le policier était en train de lire son courrier. Aurel passa la tête dans l'entrebâillement de sa porte.

— La sœur du défunt arrive tout à l'heure pour organiser les obsèques, annonça-t-il.

— Aurel ! Entre, mon ami. La sœur arrive ? J'aimerais bien l'interroger. Tu me l'amèneras ?

— Certainement, commissaire. L'enquête avance ?

— Doucement. Il se confirme que la fille ment. Elle n'a pas été violée et elle en sait certainement plus long qu'elle ne veut bien le dire. Les Guinéens sont en train de remuer tous leurs indics pour trouver des pistes.

— Toujours dans l'hypothèse d'un crime crapuleux ?

— Bien sûr, que veux-tu que ce soit ?

Aux échecs aussi, le commissaire se montrait toujours optimiste.

— Dis donc, Aurel. On me raconte que tu as repris du poil de la bête, avec cette affaire. Ça t'intéresse donc, les successions ?

— C'est plus drôle que les visas. Il faut

chercher les membres de la famille, prendre contact avec les notaires, tout cela.

— Eh bien, je suis content pour toi. J'ai toujours trouvé regrettable qu'un garçon de ta valeur reste à ne rien faire.

Il était bien vrai que Dupertuis l'avait défendu presque seul. Quand Baudry en faisait la risée de l'ambassade, le policier l'avait respecté. Et cela, quoi qu'il pût penser de lui, Aurel ne l'oubliait pas. Lorsque de telles émotions lui venaient, il sentait ses yeux s'humecter. Il s'en fallait de peu qu'il n'éclate en sanglots. Il saisit la main de Dupertuis et la serra dans les deux siennes, la gorge nouée.

— Merci, commissaire, réussit-il à prononcer.

Il avait eu l'intention de demander au policier l'autorisation d'utiliser une des voitures de son service pour ramener Jocelyne Mayères : il l'aurait plus impressionnée dans une berline à quatre portes. Finalement, cette stupide bouffée d'émotion l'avait empêché de parler et c'est à l'arrière de la Clio qu'il se dirigea vers l'aéroport.

La route longeait des villas blanches flambant neuves qui témoignaient de l'extension récente de la ville. Les nouveaux riches faisaient preuve d'un goût architectural calamiteux. Des frontons et des colonnades fleurissaient partout mais hors de propos, plaqués sur des façades modernes. Le soleil écrasait cela et la proximité de la mer rendait le paysage assez beau, malgré tout. Mais

Aurel ne parvenait pas à l'apprécier. L'absence de nuages, la violence de la lumière, l'étrangeté de la végétation provoquaient en lui une irrépressible tristesse. Il y a des gens qui fondent en larmes en entendant certaines mélodies joyeuses. Il connaissait un professeur, en Roumanie, qui faisait une crise d'épilepsie chaque fois qu'on jouait *La Marseillaise* près de lui. Il se sentait exactement dans ce cas. Infirme, en quelque sorte : la chaleur, la mer et les couleurs vives le rendaient mélancolique au dernier degré.

Pour se protéger, il chercha dans sa poche ses lunettes de glacier et il les chaussa avec fébrilité. Les verres opaques ne laissaient filtrer que des silhouettes verdâtres. Le spectacle devint supportable.

L'aérogare était vétuste et la circulation des passagers extrêmement confuse. Des grappes de gens se coagulaient devant toutes les portes, obstruaient les couloirs et encombraient le hall avec des montagnes de bagages. Aurel était habitué à la foule. Il avait été élevé dans un pays désorganisé où il fallait faire la queue à tout propos. Ce qui était difficile pour lui, c'était de conserver dignité et volonté dans de telles ambiances. Son premier réflexe dans la foule était de retrouver la soumission et la passivité que le monde communiste exigeait de ses sujets. Or, à présent, il devait garder l'initiative, fendre la multitude, jouer des coudes, se faire reconnaître des autorités. Pour vaincre son inhibition, il jugea préférable de garder ses lunettes. C'est dans une obscurité presque totale qu'il se mit à se frayer un chemin, poussant les femmes, heurtant les valises, bousculant les enfants. Il entendit autour de lui des cris et des injures. Néanmoins, l'audace de cet aveugle aux yeux bouchés par des lunettes noires, lancé à pleine vitesse dans la foule, suscitait l'étonnement, la crainte et en fin de compte le respect. Si bien que tout le monde s'écartait et qu'il parvenait à avancer.

Il réussit à atteindre la porte d'arrivée des passagers du vol de Paris. Un planton guinéen empêchait le passage. Il lui fourra sa carte diplomatique sous le nez et put entrer dans la zone réservée aux voyageurs. Les bagages étaient en cours de livraison et les passagers attendaient autour du tapis roulant. Les objets les plus hétéroclites circulaient sur ce carrousel. On voyait aussi bien des valises neuves, frappées au logo de grandes marques, que des cartons de lessive entourés de papier adhésif ou attachés par de vieilles ficelles.

Aurel reconnut facilement Jocelyne Mayères rien qu'à sa silhouette. Elle ressemblait à son frère par son expression plus que par ses traits. Elle portait les cheveux courts et ils n'étaient pas teints. Sa haute taille lui conférait une élégance sportive et l'âge, sans retirer à son visage ses traits juvéniles, lui avait ajouté un air de bienveillante indifférence, comme si l'expérience lui avait livré la clef des principaux secrets de l'existence. Aurel reconnut en elle le type de femmes pour qui il ressentait immédiatement une admiration totale, paralysante et délicieuse. Il s'approcha et la salua :

— Madame Mayères, je suppose ?

Elle n'avait aucune idée de ce à quoi ressemblait Aurel. Un instant, elle dévisagea avec stupeur ce petit homme sanglé dans un imperméable et qui portait sur le nez des lunettes d'alpiniste.

— Je suis Aurel Timescu, consul de France, brailla-t-il pour couvrir le bruit de la foule.

Il lui tendit une carte de visite. Puis il ôta ses lunettes et découvrit deux petits yeux timides qui la firent sourire.

La sortie de l'aérogare fut assez laborieuse. Il fallut parlementer pour obtenir un visa. Aurel dut appeler le commissaire pour qu'il confère avec ses collègues guinéens. Finalement, ils prirent place dans la Clio. Mme Mayères s'assit à l'avant. Elle s'excusa de laisser Aurel se tasser derrière, sans imaginer qu'il s'agissait là de sa place habituelle.

— Vous êtes déjà venue à Conakry ?

— Jamais. À vrai dire, je ne connais pas l'Afrique.

Aurel faillit dire : « Moi non plus. »

— J'ai réservé une chambre au Radisson par Internet. Vous connaissez ?

— Bien sûr, c'est un des plus grands hôtels de la ville. Nous allons vous y conduire. Vous pourrez déposer votre valise et vous rafraîchir.

Le Radisson avait été inauguré récemment. Il était situé sur le front de mer dans les nouveaux quartiers. Aurel, qui n'y était jamais entré, en profita pour le visiter pendant que Jocelyne Mayères s'installait dans sa chambre. Le bâtiment, construit tout en verre et d'une architecture très moderne, était assez dépouillé ; les grands volumes du hall étaient meublés par de gigantesques lustres d'assez belle allure. Le rez-de-chaussée était au niveau de la mer. Un piano à queue trônait au milieu du hall. Aurel ne put s'empêcher de s'en approcher. Il souleva timidement le couvercle du clavier et, debout, le bras tendu, frappa quelques notes. Un serveur vint lui demander ce qu'il désirait boire et, au passage, l'encouragea à jouer s'il en avait envie.

Aurel commanda un verre de vin blanc et s'assit du bout des fesses sur le tabouret tapissé de rouge. Il commença à jouer très doucement un morceau de Schumann. Le serveur, en posant le verre sur le piano, lui fit de nouveau un signe encourageant. Comme celle qu'il attendait prenait son temps dans sa chambre, sans doute pour téléphoner, Aurel se laissa emporter peu à peu par la musique. Ce piano était décidément un instrument magnifique. Il rendait dans les graves des sons sublimes. C'est pour aller dans ces octaves qu'il passa à une pièce de Chosta-kovitch. Elle n'était guère compatible avec la discrétion et la douceur. Pour donner à cette mélodie chaotique l'ampleur qu'elle méritait, Aurel en vint à frapper les touches avec vigueur. Des employés se penchèrent à la rambarde des étages supérieurs qui ouvraient sur le hall. Des marmitons pointaient le nez à la porte de la cui-sine. Un groupe de touristes qui bronzaient près de la piscine à l'extérieur vinrent voir, intrigués, ce qui se passait dans le grand salon. Aurel se rendit vaguement compte qu'on l'observait et retrouva ses vieux réflexes de pianiste de bar. Il se mit à jouer une salsa du Buena Vista Social Club, répondant aux sourires par de petits cris.

Tout à coup, il sentit une main sur son épaule.

— Monsieur le Consul…

Jocelyne Mayères. Il se leva d'un bond et fit claquer le couvercle sur le clavier.

— Excusez-moi ! dit-il en regardant autour de lui avec épouvante.

— C'est moi qui ai pris mes aises. Je n'ai pas résisté au plaisir de passer sous la douche. Il fait si chaud dans ce pays.

— À qui le dites-vous !

— Comment voulez-vous que nous procé-dions ?

— Il faudra que je vous emmène recon-naître le corps de votre frère. Cela risque d'être pénible.

— Je suis médecin, ne l'oubliez pas. Je connais ces choses. Mais évidemment, vous avez raison, c'est différent pour un proche.

— Nous avons le temps, de toute manière. Je vous propose d'aller d'abord déjeuner et de parler un peu.

— Volontiers. Je vous laisse choisir l'endroit. Mon ignorance de cette ville est totale, vous le savez.

Ils reprirent la Clio et allèrent s'installer sur la vieille corniche, dans un restaurant libanais. Pour Aurel, le lieu devait satisfaire à une double condition : disposer d'une table discrète et ne pas être fréquenté par les membres de l'ambassade.

Cet établissement convenait tout à fait. Une toute petite terrasse dominait la mer. Elle ne contenait que deux tables, toutes les deux libres. Ils s'installèrent face à face. Ils commandèrent rapidement les plats. Tout de suite, Jocelyne Mayères voulut qu'Aurel lui raconte l'affaire dans les moindres détails. Il s'exécuta et termina en livrant les conclusions provisoires du commissaire.

— Et vous, qu'en pensez-vous ?

— Moi ? Eh bien, je crois que le crime crapuleux n'explique pas tout. Pourquoi des voleurs se seraient-ils donné la peine de le hisser en haut de ce mât ?

— En même temps, il y a eu effraction et vol, c'est indéniable.

— Je sais, et toute la difficulté vient de là.

— La fille ?

— Elle n'a pas été violée. Elle a menti aux policiers. Tout comme elle mentait à votre frère. Elle avait un copain africain en même temps qu'elle prétendait vivre avec lui.

— Et ce copain, la police l'a interrogé ?

— Je ne suis pas sûr que la police connaisse son existence…

Aurel avait avoué cela avec un sourire malicieux. Il se mit à touiller un petit bol de houmous avec un morceau de pain, l'air modeste. Il y eut un long silence pendant lequel Jocelyne Mayères ne le quitta pas des yeux. Elle se mit à rire.

— Dites donc, monsieur le Consul, c'est une enquête parallèle que vous menez, ou je me trompe ?

Aurel engoula sa bouchée, la mâcha longuement, s'essuya la bouche et joignit les mains, coudes sur la table.

— « Enquête » serait un bien grand mot. Mettons que je réfléchis un peu et que j'essaie d'apprendre des choses utiles. Il est vrai que le cas de votre frère m'intéresse.

Jocelyne Mayères ignorait tout des usages de ce pays. Elle n'avait aucune idée de la manière dont une enquête pour meurtre devait s'y dérouler. Mais elle se sentait en confiance avec ce bizarre petit personnage. Elle avait la conviction qu'il disait vrai. Il se passionnait pour cette affaire. Cela le lui rendait sympathique. Il cherchait la vérité. Que ce fût par simple curiosité ou pour d'autres raisons importait peu.

— J'aimerais bien que vous me parliez un peu plus longuement de votre frère.

Aurel s'était retenu pour ne pas dire simplement Jacques.

— Que voulez-vous que je vous dise ? Je l'aimais beaucoup. Enfants, nous étions très proches, presque jumeaux...

Le calme autour d'eux, ce paysage de mer qui évoquait l'éternité, le chuchotement tendre du ressac avaient provoqué en Jocelyne Mayères un relâchement soudain, après la tension du voyage et le tumulte de l'arrivée. Elle se mit à pleurer doucement sans plus pouvoir parler.

Aurel la laissa s'épancher un moment et regarda au loin. Il eut le réflexe de saisir son fume-cigarette mais il se retint. Il s'étonna lui-même quand, en tendant la main, il toucha les doigts de cette femme en larmes.

— Je comprends, bredouilla-t-il.

— Pardon.

Elle se reprit, chercha un mouchoir, saisit finalement la serviette en papier rouge posée sur son assiette.

— Quand vous m'avez appelée, vous savez... il y avait des mois que j'attendais ce coup de fil...

— Pourquoi ? Il était menacé ?

— Non. Mais j'avais peur pour lui. La vie qu'il avait choisie, partir comme ça en quittant tout, je savais qu'il se mettait en danger. C'est difficile à expliquer. Un pressentiment. Et puis, je le connaissais si bien.

— Vous n'avez pas beaucoup d'années de différence…

— À peine deux. Nous étions les petits. Au-dessus, il y avait notre grand frère.

— Qui est mort jeune, si j'en crois l'état civil.

— Et vous savez pourquoi ?

Aurel fit non de la tête. Le serveur passa un instant pour voir si tout allait bien et remplir les verres.

— Parce que c'était un héros, figurez-vous.

Elle disait cela avec un peu d'amertume, comme si cette qualité eût été la cause de bien des malheurs.

— Un héros de la guerre d'Algérie.

Elle fit un signe évasif de la main.

— Enfin, ça remonte trop loin. Ça n'a pas d'importance. Que voulez-vous savoir sur Jacques ?

— Vous avez été élevés ensemble, en Haute-Savoie ?

— Dans un petit village de la vallée de l'Arve, en face de Megève. Ça s'appelle Oex. Il n'y a guère qu'une gare et une scierie. C'était celle de mon père. Il était né dans un village tout proche et son propre père était menuisier.

— C'est comme ça que Jacques a pris le goût du travail du bois ?

— Il n'avait pas le goût du travail du bois. Pas du tout.

— Sa carrière, alors... Vous permettez que je prenne quelques notes ?

Aurel avait sorti son calepin en moleskine et ouvert une nouvelle page.

— C'est assez compliqué, la vie des familles traditionnelles. Quand on ne vient pas de ces coins-là, on ne peut pas l'imaginer. En réalité, d'une vallée à l'autre, il y a des rivalités. Plein de vieilles histoires continuent de hanter les esprits. Ajoutez à cela qu'on était juste après la guerre...

Aurel se souvenait de sa propre enfance, des longs après-midi chez sa tante maternelle qui détaillait pour lui le comportement de tous leurs voisins pendant la guerre : « Celui-là, le chef de section du Parti, n'oublie jamais qu'il a dénoncé ton cousin Schlomo. Mme Unetelle, en revanche, a caché deux familles jusqu'à la Libération. »

— Ça vous intéresse, les histoires de nos vallées ?

Jocelyne Mayères avait interrompu sa rêverie.

— Beaucoup, beaucoup, excusez-moi.

— Chez nous, reprit-elle, il y avait deux types d'hommes. Dans la famille de ma mère, on aurait dit que c'étaient tous des héros. Son propre frère était parti aux Glières pendant la guerre et il avait été fusillé. Mais avant lui, on trouvait des carbonari, des types qui avaient fait le coup de feu pour l'armée française en 14 et même, disait-on, un grognard de la Grande Armée.

— Qu'est-ce qu'ils faisaient quand il n'y avait pas de guerre ?

— Ils étaient cristalliers, chasseurs de chamois, contrebandiers aussi. Ils couraient la montagne tout l'été. L'hiver, ils travaillaient le bois, mais c'était pour attendre les beaux jours. Ils ne cherchaient pas à faire fortune. Ce qu'ils voulaient tous, dans la famille de ma mère, c'était la liberté ou la gloire.

— Et du côté de votre père ?

— Eux, c'était un autre genre d'hommes : des laborieux, des gagne-petit, des sédentaires. Mon grand-père était bien allé à Paris, mais seulement pour transporter des pianos. Et dès qu'il avait eu trois sous, il était revenu à Sallanches, où il avait acheté un café, sur le quai de Mont-blanc. Ensuite, avec son fils, mon père, ils avaient ouvert une scierie le long d'un petit torrent de chez nous qu'on appelle le Rippaz.

— Et qu'est-ce qu'ils avaient fait pendant la guerre ?

— Justement, rien de glorieux. Quand les Italiens avaient occupé la région, ils s'étaient bien gardés de les combattre. Ils avaient mis le café en gérance. Derrière, il y avait un grand bâtiment vide qui était à eux ; les Italiens en avaient fait une caserne. Tout le monde soupçonnait mon père de le leur avoir loué, ce qui n'était sans doute pas vrai, mais cela prouve qu'on l'en estimait capable.

Le soleil avait tourné. Ils étaient maintenant dans l'ombre et la brise de mer apportait une fraîcheur. Jocelyne remit les manches de son gilet léger.

— Tout cela pour vous dire que les garçons, dans la famille, avaient deux modèles différents. Bien sûr, c'était le côté maternel qui les attirait le plus. Quand on était petits, Jacques jouait toujours au maquisard. Il adorait se balader dans la montagne. Il capturait des oiseaux, Dieu sait comment. Avec des bouts de fil de fer, il avait confectionné une cage qui était pleine de rouges-gorges et de mésanges. Je suis sûre qu'il aurait voulu avoir une autre vie.

— Qu'est-ce qui l'en a empêché ?

— La mort de notre frère aîné. Il l'admirait énormément. C'était son dieu. Il était beau, grand et très courageux. Quand il a eu dix-huit ans, il s'est engagé et on l'a envoyé en Algérie. Jacques était fou d'enthousiasme et d'impatience. S'il avait eu l'âge, il l'aurait imité. Notre mère ne disait rien. Mais elle avait une façon muette de l'encourager…

— Votre grand frère est mort à quelle date ?

— En 1961, juste avant la fin de la guerre.

Jacques avait onze ans et moi treize. Il y avait une grande carte dans sa chambre et le soir, en fonction des nouvelles qu'on recevait, il plantait un petit drapeau qui permettait de suivre la position du caporal Mayères. Un jour, c'est une croix que Jacques a plantée sur la carte.

Nerveusement, elle porta son verre à la bouche, mais il était vide. Aurel s'empressa de le remplir.

— Pour moi, c'était un drame. La mort d'un frère que j'aimais. Mais pour Jacques, c'était doublement terrible. Ça signifiait non seulement qu'il ne reverrait pas son grand frère mais qu'il allait devoir le remplacer. Car mon père avait besoin de quelqu'un pour reprendre son affaire.

— Donc Jacques a pris la suite de votre père sans que ce soit son désir ?

— Il avait envie de tout sauf de cela. Mais chez nous, on ne discutait pas l'avis de ses parents. Même ma mère n'a rien pu faire pour lui épargner ce destin.

Aurel réfléchissait en suçant son portemine.

— Comment se fait-il alors qu'il y ait mis autant d'énergie et qu'il ait si bien réussi ?

— Au début, je peux vous dire qu'il traînait les pieds. Il travaillait juste ce qu'il fallait et puis il repartait à la chasse aux oiseaux. Ça aurait pu durer longtemps. Mais après, il l'a rencontrée, elle.

— Sa femme ?

— Sa future femme, oui.

92

— Comment l'a-t-il connue ?

— Ses parents étaient des clients. Elle a accompagné son père un jour. Jacques l'a vue et il est tombé fou amoureux d'elle.

— Il avait eu… comment dire ?… d'autres expériences, avant ?

— Je ne crois pas. Il était assez sauvage et timide. Il y avait bien le chef de gare, à côté de chez nous, qui avait essayé de le marier à une de ses filles. Il en avait quatre. Mais nous les connaissions depuis toujours et Jacques les voyait plutôt comme des compagnons de jeu. Elles étaient d'ailleurs toutes un peu hommasses et guère séduisantes.

— Tandis qu'Aimée…

— Aimée, c'était une elfe. Elle vivait en ville. Elle avait les mains fines et blanches, des yeux clairs.

— Vous ne l'aimiez pas.

— J'ai tout fait pour que Jacques ne l'épouse pas. Elle le sait et m'en a toujours voulu.

— Que lui reprochiez-vous ?

— Je pense que j'étais un peu jalouse, bien sûr, comme une sœur à qui on va voler son frère. Mais il n'y avait pas que cela. Je sentais qu'elle était dangereuse.

— C'est elle qui l'a séduit ?

— Pas du tout. Il faut lui rendre cette justice. Au début, elle regardait Jacques avec mépris. Elle visait plus haut.

— Elle venait d'une famille riche ? J'ai vu sur Internet que les Delachat étaient de gros entrepreneurs.

— Sauf qu'elle n'était pas de cette branche-là. Son père tenait un petit bureau de tabac. Ils vivaient très chichement et la fortune des « autres Delachat » était pour eux un motif permanent de jalousie et de souffrance. La mère n'arrêtait pas de parler des robes et des chapeaux d'une Mme Delachat qui, hélas, n'était pas elle, de ses voyages exotiques, de ses appartements à Paris et à Cannes, de ses voitures. Elle, au contraire, copiait les patrons dans des revues de mode et faisait coudre à bon marché les derniers modèles de la capitale. Elle rêvait d'un beau parti pour sa fille, pour la sortir de là.

— Votre père était tout de même chef d'entreprise. Et Jacques devait prendre sa suite…

— Une petite scierie de montagne, vous pensez que ça suffisait à l'ambition de la mère Delachat ?

— Jacques s'en rendait compte ?

— Il était amoureux. Il s'est juré de vaincre tous les obstacles. On avait l'impression que c'était son combat : plus Aimée était inaccessible, plus il se battait pour l'avoir.

— C'est ce qu'il lui restait de l'héroïsme familial…

— Peut-être. Le fait est qu'il a fait sa cour tout seul. Il allait voir Aimée à Bonneville. Il lui offrait des cadeaux. Tout son argent y passait. Rien ne le rebutait.

— Et il y est arrivé ?

— Je pense que s'ils avaient trouvé mieux, les Delachat n'auraient pas cédé. Mais, finalement, la mère s'est dit qu'à défaut d'obtenir un beau parti sa fille n'avait qu'à prendre un homme bien élevé, prometteur, malléable, et à le mettre au travail ; le guider pas à pas ; lui faire gravir tous les échelons de la fortune et de la réussite. Et qu'il accomplisse tout cela *pour* elle !

— Alors, Aimée l'a aidé dans son ascension ?

— Jamais de la vie ! Sa mère l'avait bien mise en garde : surtout, ne pas mettre les mains dans le cambouis, refuser de jouer les caissières ou les comptables, encore plus les cuisinières ou les femmes de ménage. En un mot, ne rien faire et se borner strictement à recevoir des présents et des hommages. Être une reine, une égérie. Et transformer les revenus en luxe, le luxe en besoin, le besoin en exigences, pour que le mari travaille toujours plus.

— Et ça a marché.

— Au-delà de toutes leurs espérances, probablement. Jacques se mettait en quatre pour sa femme. Il a commencé à travailler comme un fou et il ne s'est plus arrêté. Rien n'était assez beau pour elle. Elle voulait de l'argent, des domestiques, des maisons ; il les lui offrait. Et si elle ne demandait rien, c'était lui qui proposait…

Aurel ferma les yeux. C'est bon quand la rêverie, l'intuition sont ainsi confirmées par la réalité. Il ressentait le frisson d'aise du joueur d'échecs qui voit s'accomplir le plan qu'il a mûri depuis plusieurs coups. Il n'avait pas tout prévu, certes, mais il était dans le vrai sur l'essentiel. Aurel pensa à sa propre tante : elle disait qu'il était un peu médium et le taquinait en le traitant de petit sorcier.

— Que se passe-t-il ? Vous ne vous sentez pas bien ?

Aurel revint à lui et se troubla.

— Rien, rien, excusez-moi. Les tropiques, vous savez... Figurez-vous que je traîne un vieux palu...

V

Ils avaient dû se dépêcher, pour ne pas arriver à la morgue après la fermeture. La reconnaissance du corps, comme prévu, avait été un moment pénible. Jocelyne Mayères avait exprimé le désir de rester un peu seule ensuite. Aurel l'avait fait raccompagner au Radisson par le chauffeur.

Il en avait profité pour passer au bureau avant la nuit. La voiture l'avait déposé à l'angle de la corniche et il avait fini le chemin à pied. C'était une bonne manière d'évacuer son émotion. Car il avait profité de la visite de la sœur pour voir lui aussi le corps de Mayères. Par rapport à la photo qu'il avait mise sur son ordinateur, le vrai visage du défunt était à peine reconnaissable. D'abord, il avait vieilli, ce qui était normal puisque la photo était ancienne. Ensuite, la mort, en relâchant les traits, avait ôté de ce visage tout ce qu'il pouvait encore y avoir de tendu, de dur, d'ambitieux. Il aurait été exagéré de dire qu'il ne restait que la sérénité, mais c'était un peu cela tout de même. Le mot apaisement était celui qui venait à l'esprit.

Aurel, par sa culture, croyait à la présence des morts. Dans la campagne roumaine où il était né, les défunts étaient là, attentifs, protecteurs ou malfaisants. La plupart des rites paysans visaient à les neutraliser, à les apprivoiser, à les conjurer. Dans sa famille, du côté de sa mère, on n'avait que mépris pour ces pratiques magiques. Mais dans la branche paternelle, à la fois valaque et magyare, on ne plaisantait pas avec ces choses. Aussi Aurel était-il persuadé qu'après avoir regardé Mayères en photo ces derniers jours, c'était le défunt qui, aujourd'hui, l'avait regardé. Il avait eu pour lui un pâle sourire figé dans la mort pendant les courts instants où le garçon de salle avait soulevé le drap bleu qui couvrait le corps.

La fraîcheur du soir était toute relative car le sol et les pierres libéraient dans l'obscurité la tiédeur emmagasinée durant le jour. Pourtant Aurel, malgré son costume en tweed et sa gabardine boutonnée de haut en bas, frissonnait en ouvrant la porte de son bureau.

Il trouva Hassan qui l'attendait, accroupi par terre près du mur du fond. Le jeune Guinéen se leva d'un bond. Aurel avait un peu oublié qu'il l'avait chargé d'une mission.

— Où étais-tu ?

Aurel détestait le tutoiement familier que les Blancs utilisaient souvent à l'endroit des Africains, lesquels continuaient à les voussoyer. Mais avec Hassan, le tutoiement s'était imposé pour une tout autre raison. Il avait vingt-cinq ans de moins qu'Aurel et cette différence l'autorisait à le considérer comme un fils.

— Chez Lamine.

— Ah, c'est vrai. Alors ?

— Alors, la police était passée avant moi.

— Ils sont tout de même bien renseignés.

— Je ne crois pas qu'ils savaient, pour Mame Fatim et lui. J'ai vu son cousin. Il m'a dit qu'ils cherchaient Lamine parce que c'est un voyou. Il a été condamné plusieurs fois pour des vols. Et il fait l'indic aussi, de temps en temps.

— Ils l'ont ramassé ?

— Non. Il avait déjà disparu avant qu'ils n'arrivent.

— Le cousin en question, c'est un voyou aussi ?

— Pas du tout. D'ailleurs, ils n'habitent pas la même maison. Le cousin est beaucoup plus âgé. C'est un homme très pieux qui travaille au service des eaux, à la mairie.

— Tu le connais bien ?

— C'est un parent de ma mère. Ils viennent du même village, au pied du Fouta-Djalon.

— Il t'a raconté des choses intéressantes ?

— Pas tout de suite. Vous savez comment

ça se passe dans notre culture. Il faut s'asseoir, boire le thé, prendre son temps. Les policiers étaient trop pressés. Il ne leur a rien dit.

— Tandis qu'à toi…

Hassan sourit. Aurel était un homme qui comprenait les choses. C'était pour cela qu'il l'aimait bien.

Aurel s'assit dans son fauteuil et alluma son ordinateur. Il était heureux de revoir le visage habituel de Mayères. Il chassait l'autre, celui de la morgue.

— Parle. Qu'est-ce qu'il t'a dit ?

— D'abord, fit lentement Hassan en imitant malgré lui le ton de confidence du cousin, ce Lamine a disparu depuis la nuit du drame. Sa porte est fermée mais il y a un balcon devant la fenêtre de sa chambre. Le cousin a envoyé son petit-fils hier pour voir s'il pouvait entrer par là.

— Quel intérêt avait-il à faire cela, le cousin ?

— C'est que le petit appartement qu'occupe Lamine est à lui. Et il lui doit plusieurs mois de loyer.

— Je comprends mieux. Alors, le gamin ?

— Il est entré. Il a trouvé tout vidé. Plus de vêtements dans les placards, plus de Nike, plus de casquettes. Il paraît que ce Lamine se donne un genre vaguement américain. Son modèle, c'est le rappeur.

— Je vois, fit Aurel en soupirant.

Il avait souvent essayé de se représenter l'enfer.

Il en était arrivé à la conclusion que c'était un lieu ressemblant à Conakry, surtout pour la température, à quoi s'ajoutait du rap braillé en permanence par de grands haut-parleurs.

— Tu as une idée de l'endroit où il a pu aller ?

— Ça ne doit pas manquer. Le type est un petit dealer. Il est en contact avec la pègre partout en Guinée mais aussi à Bissau, en Gambie, et surtout en Sierra Leone.

— Les policiers sont entrés chez lui ?

— Ils ont frappé et ils sont repartis. Le cousin a eu l'impression qu'il n'était qu'un nom sur une longue liste.

— Bon, Hassan, merci.

Aurel avait une furieuse envie de se servir un verre de tokay et il ne voulait pas le faire au nez de Hassan, qui était musulman. Mais le commissionnaire n'en avait pas terminé. Il se pencha en avant et parla d'une voix plus basse.

— Il y a autre chose, monsieur le Consul.

— Quoi donc ?

Hassan regarda à droite et à gauche, comme si on avait pu l'écouter.

— Le cousin m'a parlé de la fille, la Mame Fatim.

— Il la connaît ?

— Oui, elle venait souvent passer la nuit avec Lamine.

— Même depuis qu'elle vivait avec Mayères ?

— Ça ne changeait rien, apparemment. Le cousin se demande même si Lamine ne se faisait pas entretenir par elle. Et aussi par deux autres filles qu'il ramenait de temps en temps.

Le prude Hassan était visiblement choqué dans sa morale par ce comportement. Il ne livrait ces détails que les yeux baissés et sans doute en murmurant pour lui seul des phrases de soumission à Dieu et au Prophète.

— Bon, ce n'est pas très surprenant, après tout. La plupart de ces gamines doivent avoir des souteneurs. C'est tout ?

— Non, reprit Hassan, les yeux brillants, ce n'est pas ça l'intéressant dans ce qu'a dit le cousin.

— Quoi alors ?

— Il a raconté... qu'elle était là, dans la chambre de Lamine, la nuit où le toubab a été assassiné.

— Comment ?

Aurel avait tout à coup oublié son vin blanc. Il se pencha sur le bureau et parla au Guinéen sous le nez.

— Qu'est-ce que tu racontes ? Elle n'était pas dans le bateau ? Comment se fait-il, alors, qu'on l'y ait retrouvée le lendemain matin ?

Hassan s'était redressé et prenait un air offensé.

— Je vous rapporte ce que le cousin m'a confié.

— Qu'est-ce qu'il t'a dit *exactement* ?

— Cette nuit-là, il ne dormait pas. Il a de temps en temps des migraines et ça lui donne de mauvais rêves qui le réveillent. Dans leur petite rue, on entend tout. Il y avait un bébé qui faisait ses dents, dans la maison voisine, et il criait.

— Bref !

— Vers minuit, le cousin a entendu une voiture. Pour arriver jusque-là, les taxis vont lentement car la route est complètement défoncée. Il l'a repérée de loin. Et il l'a entendue s'arrêter devant chez lui. Comme il ne dormait pas, il s'est approché de la fenêtre. C'est là qu'il a vu Lamine et Mame Fatim descendre du taxi et entrer dans la maison d'en face.

— C'était bien elle, il en est sûr ? Si le gars a d'autres copines…

— Tout ce qu'il y a de plus sûr. Les autres ne sont pas coiffées comme elle. Et puis, elle est descendue la première de la voiture et elle s'est tournée vers les fenêtres du cousin, en attendant que Lamine ait payé le chauffeur. Il n'y a aucun doute. C'était elle.

— À minuit, tu dis ?

— Par là.

— Et ils sont restés toute la nuit ?

— Ça, le cousin n'en sait rien.

— Il ne les a pas entendus repartir ?

— Non, parce qu'il a pris des calmants au milieu de la nuit et ils l'ont assommé. Il s'est réveillé tard le lendemain matin.

Aurel réfléchissait intensément. Il regarda le portrait de Mayères. Il crut déceler dans ses yeux quelque chose de douloureux, de résigné, qu'il n'avait pas vu auparavant. Mais qui signifiait quoi ?

— Je te remercie, Hassan. C'est précieux, ce que tu as découvert. Il faut absolument tirer ça au clair. Est-ce qu'elle était sur le bateau avec Mayères en début de soirée ? Dans ce cas, pourquoi et comment en est-elle sortie ? Et puis surtout, j'aimerais bien comprendre comment elle a fait pour s'y retrouver le lendemain matin.

Hassan réfléchissait, mais aucune idée ne lui venait non plus.

— Écoute, je voudrais te demander quelque chose. C'est un effort, je sais, et tu rattraperas ça avec deux jours de congé supplémentaires un peu plus tard. Mais voilà : il faudrait que tu ailles ce soir à la marina. Qui est-ce qui traîne là-bas en fin de journée ? Il doit y avoir un gardien, des gamins, je ne sais pas. Va voir et essaie d'obtenir des informations sur cette fameuse nuit.

Hassan s'était lui aussi pris au jeu de cette enquête parallèle. Il accepta avec enthousiasme.

— Voilà de l'argent pour le taxi et pour tes frais là-bas. Tâche de dîner sur place, va boire quelque chose dans un cabanon sur la plage derrière. Enfin, tu verras.

Hassan prit l'argent et disparut dans la coursive.

Aurel sortit la bouteille de blanc qu'il tenait toujours au frais dans son bureau, grâce à un minifrigo qu'il avait fait installer sur ses deniers. Il s'en servit un verre qu'il but en se balançant sur sa chaise.

Décidément, rien n'était clair dans cet assassinat. C'est ce qui le rendait passionnant. Aurel n'aimait pas les événements simples. Il lui plaisait de penser que les choses sont toujours plus compliquées qu'elles ne le paraissent. Il imaginait volontiers des complots derrière des faits d'actualité et, la plupart du temps, ses hypothèses étaient un peu échevelées. Cette fois, pour son plus grand bonheur, il avait la conviction d'être *vraiment* devant un mystère. La gymnastique mentale à laquelle il se livrait d'habitude à vide, il allait enfin pouvoir l'utiliser à bon escient. Il regarda Mayères sur l'écran et leva son verre.

— On va trouver les salauds qui t'ont fait ça !

Aurel avait volontiers le vin rêveur et fraternel. Il allait saisir la bouteille pour servir une deuxième tournée au défunt et à lui-même quand son regard tomba, en bas et à droite de l'écran, sur l'horloge de l'ordinateur. Elle marquait dix-neuf heures trente. Il avait annoncé à Jocelyne Mayères qu'il passerait la chercher à l'hôtel pour l'emmener dîner. C'était l'occasion de poursuivre la conversation qu'ils avaient interrompue pour se rendre à la morgue.

Il courut jusque chez lui. Dans la nuit noire

de Conakry, on entendait des conversations sur le pas des portes, et des bruits de télévision sortaient par les fenêtres ouvertes. Des odeurs de graisse cuite et de piment stagnaient dans certains passages plus étroits. Ils évoquaient pour Aurel des souvenirs d'enfant, quand il accompagnait sa mère au marché, les jours d'été. Des paysans venus d'un peu partout étalaient leurs viandes et leurs fromages. La mère d'Aurel pressait le pas et répétait que tout cela était répugnant. De là sans doute venait le vague dégoût qu'il ressentait toujours.

Arrivé chez lui, il ouvrit tous les tiroirs et bouscula les placards afin de trouver une tenue convenable. Il se faisait une idée précise et à vrai dire assez désuète des vêtements qu'il convient de porter lorsqu'on emmène dîner une dame. Tout cela aussi lui venait de sa mère, et son mariage avait duré trop peu de temps pour changer ses manières. Il enfila une chemise blanche dont les manches étaient mal repassées. Ce n'était pas grave car il n'avait aucune intention d'enlever sa veste. Le complet noir croisé qu'il mit par-dessus était un peu élimé aux coudes. Il est vrai qu'il l'avait fait faire à Leipzig chez un de ses cousins tailleurs près de vingt ans auparavant. Il nouait toujours lui-même ses nœuds papillons, persuadé qu'en les achetant tout faits il aurait l'air d'un maître d'hôtel. Cela lui valut de s'énerver cinq bonnes minutes devant le miroir. Ses boutons de manchette en nacre étaient comme d'habitude introuvables et il dut se contenter de ceux de tous les jours, en or jaune. Le temps de se donner un coup de peigne et de se laver les dents, il était dehors, fermait sa porte à clef et hélait un taxi.

Il trouva Jocelyne Mayères dans le hall, vêtue d'un pantalon d'été rose et d'un chemisier blanc léger. Elle considéra avec curiosité l'accoutrement du Consul mais, depuis le matin qu'elle était avec lui, elle ne s'étonnait plus de rien. Il avait réfléchi dans le taxi et il était parvenu à l'idée que le plus simple était de rester au Radisson pour le dîner. Elle était sûrement fatiguée et il n'avait pas eu le temps de demander conseil à quelqu'un pour choisir un restaurant convenable.

Elle applaudit à sa proposition. Quelques instants plus tard, ils étaient assis à une table carrée près de la piscine. Le ciel africain jetait sur eux son voile bleu sombre, constellé de points brillants. Des quinquets, sur les tables alentour, formaient des halos de lumière où venaient s'éclairer les visages des dîneurs.

— Je comprends que mon frère ait aimé ce pays, dit Jocelyne. Il est si plein de douceur, de sensualité.

Aurel sourit de travers.

— Oui, oui.

— Vous n'avez pas l'air de vous y plaire.

— C'est... à cause de la chaleur. Je supporte mal la chaleur.

— Je comprends.

Elle regarda son costume épais, sa chemise boutonnée. Elle eut envie de suggérer que peut-être, s'il s'habillait autrement, la chaleur serait plus supportable. Mais elle avait compris que le malaise d'Aurel n'était pas seulement climatique. La curiosité la conduisit à l'interroger sur son passé.

— Vous me dites si je suis indiscrète...

— Certainement pas !

— Attendez, je n'ai encore rien demandé.

Elle riait. Il était si mal à l'aise et si prévisible dans son embarras.

— Vous êtes d'origine étrangère, il me semble.

— Roumain. Je suis né en Roumanie.

— Mais pour être consul de France...

— Il faut être français. C'est bien cela qui vous intrigue ?

Il se doutait qu'elle en arriverait là. Tout le monde, tôt ou tard, lui posait des questions là-dessus.

— Vous savez, dit-il, en faisant mine de considérer la carte des vins alors qu'il savait très bien ce qu'il allait commander, du temps du communisme, certains pays vendaient leurs ressortissants.

— Les vendaient !

— Oui. Si l'on avait de la famille à l'Ouest, on pouvait obtenir un visa pour la rejoindre, moyennant une certaine somme d'argent.

— Vous avez été racheté ?

— Oui, et je peux dire que je sais exactement combien je vaux.

— Combien ?

— 12 000 dollars.

— Ah bon ?

— Ça vous surprend ? Oh, je vois bien que vous n'auriez pas payé aussi cher pour moi…

— Mais si… Pourquoi dites-vous cela ?

C'était une plaisanterie qu'Aurel faisait chaque fois. Il eut un rire fatigué.

— Je blague. Ne faites pas attention.

La serveuse vint prendre la commande des boissons.

— Une bouteille de vin blanc vous irait ?

Puis, se penchant en avant, il ajouta :

— Les blancs voyagent mieux que les rouges.

— D'accord pour du blanc. Et une eau minérale, s'il vous plaît.

La serveuse s'éloigna. Elle avait la silhouette sensuelle et la démarche alanguie de Mame Fatim. Tous deux, en la regardant, pensèrent à Mayères et à son assassinat.

— Pauvre Jacques, dit Jocelyne Mayères. Il aura eu une vie bien triste. J'espère au moins qu'il a pris un peu de bon temps ici, avant de mourir.

— Il n'était pas heureux en France ?

— Je vous l'ai dit, il a travaillé comme un chien. Jamais de vacances, jamais de repos.

— Des hobbies ?

— Pas grand-chose. Si : il collectionnait les objets de la guerre d'Algérie. Vous savez, les écussons, les pièces d'uniforme, les journaux d'époque, ce genre de choses.

— En souvenir de votre frère ?

— Sûrement. Je vous l'ai dit : il ne se consolait pas de ne pas être un héros, lui aussi, d'avoir suivi la voie paternelle, les affaires, la vie tranquille, comme il disait. Mais avec le temps, ce hobby était devenu une compétence aussi, comme tout ce qu'il faisait. Il paraît qu'il était une autorité dans sa partie. Des collectionneurs du monde entier lui écrivaient.

— Qu'est-ce qu'elle est devenue, cette collection ?

— Il en a fait don au musée de l'Armée avant de partir. Il y a eu une petite cérémonie dans les salons des Invalides. Les militaires l'ont remercié.

— Ça lui a fait plaisir, tout de même ?

— C'était bizarre. J'y étais, avec mon mari. On avait l'impression que Jacques était encore plus triste avec tous ces haut gradés autour de lui. Il a fait un discours où il n'a parlé que de notre frère. Et il était au bord des larmes.

Aurel avait ressorti son calepin et prenait des

notes avec une écriture toute déformée car le lumignon sur la table éclairait à peine.

— Il y avait des armes, dans cette collection ?

— Pas mal, je crois. Des fusils d'assaut de l'époque, des poignards réservés aux forces spéciales, des grenades, ce genre de choses.

— Il les a remises aussi au musée ?

— Il me semble.

— Toutes ?

— Je l'ignore.

Aurel n'avait pas encore songé à cela : pourquoi Mayères ne s'était-il pas défendu ? Le commissaire le lui aurait dit, si des armes avaient été découvertes sur le bateau.

— Vous aviez commencé à me parler de sa femme, ce matin…

— Qu'est-ce que vous voulez savoir d'autre ?

— Vous la détestez toujours, n'est-ce pas ?

— Je ne porte pas de jugement. Elle est ce qu'elle est. Tout ce que je retiens, c'est qu'elle a coupé Jacques de sa famille. De moi, en particulier. Elle le voulait pour elle seule.

— Il y a longtemps qu'ils sont séparés ?

— Ça s'est fait progressivement. Il a acheté un appartement sur la Côte d'Azur et elle a commencé à y passer de plus en plus de temps. Ils avaient aussi un pied-à-terre à Paris, près de Saint-Augustin. Elle n'a jamais aimé la Haute-Savoie. Elle a fini par ne plus y mettre les pieds. C'est Jacques qui devait aller la rejoindre.

Alors, forcément, avec le travail qu'il avait, ils se voyaient de moins en moins.

— Elle avait des amants ?

— Il ne m'en a jamais parlé. Mais ça ne m'étonnerait pas. En tout cas, elle devait le faire discrètement. Elle ne voulait certainement pas courir le risque d'un divorce à ses torts. L'argent l'intéresse trop.

Le son d'un orchestre leur parvenait par moments, sans doute un bar de plage situé un peu plus loin sur la corniche.

— Elle risque de tomber de haut.

— Pourquoi dites-vous cela ?

— Vous savez que votre frère, après avoir vendu sa société aux Chinois, a liquidé tous ses comptes.

— Oui, et alors ?

— Alors, il est vraisemblable qu'il a tout emporté avec lui.

— Emporté… dans son bateau ?

— Oui. Et comme vous le savez, son coffre-fort a été dévalisé.

— Mais c'était une folie de prendre tant d'argent avec lui sur un voilier !

— Une folie, peut-être. Mais c'était surtout le moyen de dépouiller sa femme. Car ils étaient mariés en communauté. La moitié était à elle. En embarquant tout, il la ruinait. Et en cas de décès, il la déshéritait.

— Vous pensez qu'elle est au courant ?

— Je ne sais pas. Je vais l'appeler demain matin. Ce sera l'occasion de voir comment elle réagit.

Jocelyne était toujours sous le coup de cette révélation.

— Quoi qu'il en soit, bafouilla Aurel, quand vous verrez le commissaire français qui s'occupe de l'enquête, ne lui parlez pas de cela. C'est un homme assez… classique. Il saurait que cela vient de moi et il me prendrait pour un original.

Jocelyne Mayères regarda Aurel, avec son nœud papillon de travers, sa chemise amidonnée et le pin's représentant l'aigle de Roumanie au revers de son costume élimé. Elle cacha un sourire dans son verre de blanc. En aucun cas elle n'aurait voulu contribuer à ce qu'on le prît pour un original…

*

Aurel avait passé une mauvaise nuit. Il s'était demandé longtemps s'il avait trop bu ou pas assez. Finalement, à trois heures du matin, il avait ouvert une nouvelle bouteille.

Il ne savait pas démêler ce qui l'avait le plus perturbé : les nouvelles apprises dans la journée et les perspectives de plus en plus complexes qu'elles ouvraient pour expliquer la mort de Mayères, ou bien le message de Baudry qu'il avait trouvé sur son répondeur fixe en rentrant.

Le Consul Général avait appris par Lemenêtrier qu'Aurel s'était autosaisi du dossier concernant un assassinat. Il l'en félicitait de manière évidemment hypocrite. Mais il lui recommandait – sur un ton qui signifiait : ordonnait – de se limiter à l'aspect strictement consulaire du dossier.

« Cet imbécile, se dit Aurel, ne manque pas d'intuition quand il s'agit de m'humilier. »

Baudry ajoutait qu'il rentrait à Conakry au milieu de la semaine suivante (c'est-à-dire deux jours plus tôt que ne l'attendait Aurel) et qu'il le convoquerait dès son arrivée pour entendre un rapport détaillé sur ses activités.

Il restait donc tout juste cinq jours à Aurel pour mener son enquête. Faute de résultats, il n'aurait plus accès au dossier. Cette perspective le bouleversait. Certes, il y avait dans son enthousiasme pour cette affaire une part importante de curiosité et d'amour-propre car il n'aurait pas aimé connaître un échec. Mais il s'y ajoutait désormais une étrange complicité avec Mayères. Il avait l'impression de le connaître et, bizarrement, de lui devoir quelque chose. Comme si le destin l'avait désigné, lui, Aurel, pour rendre justice à cet homme lâchement assassiné.

Des coups frappés à sa porte à huit heures le tirèrent du lit. C'était Hassan qui venait rendre compte de sa mission à la marina. Aurel lui avait recommandé la veille de passer plutôt chez lui, pour plus de discrétion. Il y avait toujours du monde le matin qui traînait dans les coursives du consulat et on n'était jamais sûr de ne pas être écouté. Aurel enfila un peignoir brodé à ses initiales et alla ouvrir. Puis, il demanda à Hassan de l'attendre un instant et passa sous la douche pour se réveiller.

Pendant toute son enfance, Aurel avait rêvé d'eau chaude ; en Afrique, c'était l'eau froide qui lui manquait. Le réservoir situé sur le toit chauffait au soleil dès le point du jour. Et il était impossible, sauf au milieu de la nuit, de faire couler dans les tuyaux autre chose qu'un liquide brûlant. Il se frictionna ensuite avec un vétiver qu'il avait acheté à Paris deux ans plus tôt et dont il ne faisait usage que dans les grandes occasions (il en avait mis la veille avant le dîner).

Il entraîna Hassan dans sa cuisine. Comme il refusait obstinément de recourir aux services d'une femme de ménage – corporation avec laquelle il était en guerre pour cause d'objets cassés ou de papiers dérangés –, elle était dans un état de saleté et de désordre indescriptibles. Aurel s'y repérait néanmoins. Il tira deux sachets de thé du fatras qui s'empilait sur le plan de travail, emplit une bouilloire et lava deux tasses dont les bords étaient ébréchés. Puis, en guise de petit déjeuner, il ralluma un mégot froid.

— Alors, cette nuit ? Bonne pêche ?

Hassan n'avait visiblement pas beaucoup

dormi non plus. Ses yeux papillotaient pendant qu'il regardait Aurel s'agiter.

— Heu… oui !

— Tu as appris des choses intéressantes ?

— Il y a un gars, là-bas, qui s'appelle Seydou. C'est un peu l'homme à tout faire. Il habite dans une cabane devant le club-house.

— Je l'ai rencontré mais je n'ai pas vu sa cabane.

— Elle est un peu cachée par les arbres. Pourtant, lui, d'où il est, il voit bien le bassin et il entend tout.

— Il était chez lui la nuit du crime ?

— Bien sûr. Il ne quitte jamais son poste.

— Il a vu des mouvements ce soir-là ?

— Ça l'a un peu gêné de m'en parler. Parce que la police lui a posé la question et qu'il n'a rien dit. On a beaucoup discuté. Je lui ai expliqué qu'il avait plus à craindre de se taire.

— De quoi avait-il peur ?

— En fait, voilà : depuis que Mame Fatim vivait avec Mayères, elle avait passé un petit accord avec lui. Presque tous les soirs, il venait la chercher et elle passait une partie de la nuit à terre.

— Avec Lamine ?

— Oui. Et justement, Seydou a peur que Ravigot, le patron de la marina, le mette à la porte s'il apprend qu'il se livre à ce genre de petits trafics. Surtout qu'apparemment il se fait aussi payer par les autres bateaux pour rendre des services du même genre.

— Tu crois que son patron l'ignore ? Il dort sur place aussi…

— Oui, mais comme il est ivre presque tous les soirs, il ne se rend compte de rien.

— Donc, qu'est-ce qu'il t'a dit exactement sur la nuit qui nous intéresse ?

— Cette nuit-là, Mame Fatim lui a demandé de venir la chercher avec sa yole à dix heures du soir. Lamine l'attendait à l'entrée de la marina dans un taxi.

— Et Mayères ?

— Il dormait.

— Lui aussi, il était ivre mort ?

— Non, d'après Seydou, Mame Fatim lui mettait un somnifère dans son verre le soir.

— Tous les soirs ?

— Sans doute quand elle voulait sortir. Je ne lui ai pas demandé.

— Donc, elle a pris le taxi avec Lamine. Ils sont allés chez lui. Quand est-ce qu'elle est revenue ?

— C'est là que Seydou n'est pas précis.

— Il n'est pas précis ou il ment ?

— Non, je crois qu'il ne cache rien. Ses explications sont bien claires.

Aurel était allé dans la salle de bains et il s'habillait pendant que Hassan lui parlait depuis le salon. Mais, parvenu à ce point du récit, il sortit pour ne rien perdre de la réponse.

— C'est-à-dire ?

— Seydou avait eu une rude journée. Un bateau était parti la veille. Il avait dû courir faire des démarches avec les membres de l'équipage. Il avait ramé pour porter à bord toutes les victuailles que les arrivants avaient commandées en ville. Il était épuisé. Après avoir débarqué Mame Fatim, il est allé se coucher. Il ne l'a pas entendue rentrer. C'est juste le matin, quand il a vu le corps en haut du mât, qu'il a remarqué aussi que quelqu'un avait utilisé sa yole pendant la nuit. La rame pour la godille n'était pas posée comme il a l'habitude de la mettre.

— Donc, on ne sait pas quand Mame Fatim est rentrée… ?

— Non.

— Lamine l'aurait reconduite lui-même à bord avec la barque de Seydou ?

— C'est ce qu'il pense.

Aurel réfléchit un long instant. Cette information renforçait l'hypothèse de Dupertuis. Mame Fatim et son copain étaient revenus sur le bateau alors que Mayères devait dormir. Tout les accablait. Pourtant, Aurel continuait de ressentir un doute inexplicable.

— Qu'est-ce que tu as appris d'autre ? demanda-t-il enfin à Hassan dont les yeux s'alourdissaient de fatigue.

— Avec Seydou, rien. Mais après, je suis allé

me balader aux alentours. Il y a des piroguiers qui dorment sur la plage. Ils ne vont jamais à la marina mais ils observent ce qui s'y passe.

— Et alors ?

— Alors il paraît que c'est une plaque tournante de la coke.

— La coke ? Tu veux dire la cocaïne ?

— Oui. Elle arrive de Colombie par les îles Bijagos et la Guinée-Bissau.

— Tout le monde le sait.

— Ensuite, pour repartir de là, il y a plusieurs sortes de routes. Aériennes...

— Je suis au courant. On passe son temps ici à nous signaler des mules qui embarquent sur des vols pour l'Europe. Il y a aussi les passeurs terrestres, qui traversent le Sahara à pied ou en camion.

— Oui, et des bateaux de plaisance.

— Il me semblait qu'ils cachaient plutôt leur marchandise sur des cargos.

— Les voiliers aussi. La marina d'ici est une étape bien connue.

Aurel, pendant qu'il écoutait Hassan, procédait à un rasage méthodique. À vrai dire, la nature ne l'avait gratifié que de trois zones poilues : les deux côtés du menton et un peu de moustache sous le nez. Le reste était désespérément glabre. Pourtant, il s'enduisait de mousse presque jusqu'au front et promenait son rasoir avec délicatesse sur tout son visage.

— Tu penses que Mayères s'amusait à ça ? De l'argent, il en avait plein son coffre !

— Je ne sais pas, dit Hassan un peu vexé. Je vous donne l'information. C'est tout.

— Il y a déjà eu des histoires, ici ? Des règlements de comptes…

— Non. C'est calme. Mais les gens du coin disent qu'il se passe sûrement des choses.

Aurel sortit de la salle de bains en boutonnant sa chemise.

— Bon, je te remercie. Tu as bien travaillé.

Sur ces mots, il alla chercher une boîte en métal posée sur un guéridon, l'ouvrit et offrit à Hassan une tranche de gâteau. C'était la pâtisserie que préparait sa grand-mère paternelle pour Noël.

— Tiens, dit-il, c'est du cozonac. Je l'ai cuisiné moi-même.

Hassan regarda le gâteau avec un peu d'étonnement. Mais d'Aurel, plus rien ne le surprenait.

— Bon, maintenant, mon petit, tu peux rentrer te coucher.

Il était neuf heures, le moment qu'il avait prévu pour téléphoner à Aimée Mayères en France. Avec tout ce qu'il savait désormais sur la femme du défunt, il craignait plus que jamais sa réaction. Sans se l'avouer, en laissant passer du temps avant de l'appeler, il avait espéré vaguement que quelqu'un l'aurait prévenue et qu'il n'aurait pas à subir le premier choc. Quoi qu'il en soit, il ne pouvait plus reculer.

Il composa le numéro que lui avait donné le notaire. C'était l'indicatif du Var. Quelqu'un décrocha dès le deuxième coup.

— Je voudrais parler à Mme Mayères, je vous prie.

Une femme, à l'autre bout du fil, répondit avec un accent du Maghreb.

— Elle se réveille. Elle prend son café.

Aurel consulta sa montre. Il était midi en France.

— C'est important.

— Je vais voir. De la part de qui, s'il vous plaît ?

— Le consul de France en Guinée.

On entendit des chuchotements, le bruit d'une tasse, puis des pas. La dame prenait son temps.

— Oui ?

— Madame Aimée Mayères ?

— Elle-même.

La voix était un peu forcée, avec des intonations snobs, altières.

Aurel se présenta et prit de longues précautions oratoires avant d'en venir au fait.

— Il me revient de vous annoncer que votre mari, M. Jacques Mayères, est décédé.

— Ah, prononça simplement la femme.

Ce n'était ni un cri ni un sanglot, juste un constat.

Puisque cette première bouchée avait été

avalée sans difficulté, Aurel se décida à lui en faire absorber une autre.

— Il a été assassiné sur son bateau.

— Bon.

Toujours pas d'émotion apparente.

— Vous étiez au courant, peut-être ?

— Non. Vous me l'apprenez.

Aurel était un peu désarçonné.

— Vous… vous comptez venir à Conakry ?

— Ma santé ne me le permet pas.

À son ton, il était évident que sa santé n'était pas en cause dans l'affaire. Elle n'avait tout simplement pas envie de se déranger et ne s'en cachait pas. C'était à l'évidence une femme avec laquelle il était inutile de se placer sur le terrain du sentiment. Aurel revint à des sujets concrets et pratiques.

— Quelles dispositions entendez-vous prendre pour les obsèques ?

— Qu'est-ce qui se pratique, dans ces cas-là ?

— Ces cas-là, madame, ne sont pas si fréquents. Tout dépend des desiderata de la famille. Si elle souhaite rapatrier le corps…

— Écoutez, monsieur le Consul, mon mari a quitté la France sans intention d'y retourner. À moins que son notaire n'ait eu connaissance d'autres dispositions…

— Je l'ai eu. Il ne m'en a pas parlé.

— Dans ce cas, respectons ses volontés. Qu'il soit inhumé là où il est mort.

— Comme vous voudrez. Autre chose : pour organiser la succession, vous devez savoir que le coffre de M. Mayères, celui qu'il avait fait installer sur son bateau, a été entièrement vidé par ceux qui l'ont agressé. Il n'y a plus rien.

— Et alors ?

La voix ne trahissait pas plus de trouble qu'à l'annonce de l'assassinat. Aurel était étonné par cette indifférence. Elle contredisait l'idée qu'il s'était faite d'Aimée Mayères. S'il comprenait qu'elle ne montre aucune émotion en apprenant la mort de son mari, il s'attendait à plus de réaction à l'annonce de la disparition de sa fortune.

— Alors ? Mais cet argent vous revenait, je suppose.

— Écoutez, monsieur le Consul, mon mari et moi avons cessé toute relation depuis plusieurs années. Nous avons procédé au règlement de nos affaires. J'ai reçu de lui ce que j'estimais devoir me revenir. Le reste ne m'appartient pas. J'ajouterai même : ne m'intéresse pas. J'ai ce qu'il faut pour vivre et n'ai besoin de rien d'autre. Est-ce clair ?

— Tout à fait clair, madame.

— Autre chose ?

— Eh bien, j'aimerais savoir si vous comptez vous constituer partie civile.

— Vous voulez dire porter plainte ?

— Oui. Quand un Français meurt de mort

violente à l'étranger, le parquet ouvre une information judiciaire. Je ne vous cache pas que cela ne va en général pas très loin.

— Et si la famille porte plainte ?

— Il y a des chances que les poursuites soient menées avec plus d'énergie. On peut envoyer une commission rogatoire. Le juge peut demander à voir des témoins... Cela prend du temps, bien sûr, et il n'est pas certain qu'on découvre la vérité.

Un silence au bout du fil. Aurel n'entendait plus rien, même pas une respiration.

— La vérité... répéta finalement Aimée Mayères sur un ton glacial. Dans une affaire comme celle-là, la vérité, monsieur le Consul, ne peut être que sordide et je ne tiens pas à la connaître. Je conserve de mon mari suffisamment de souvenirs heureux pour ne pas souhaiter les souiller par des détails indiscrets concernant sa fin.

— Donc, vous ne portez pas plainte ?

— Non. Y a-t-il autre chose pour laquelle je puis vous être utile ?

— Je ne crois pas.

— En ce cas, merci pour votre intervention. Au revoir, monsieur le Consul. Me Hochard s'occupera de tous les détails.

— Merci, madame. Au revoir, madame.

Aurel resta un long moment à regarder le téléphone qu'il venait de raccrocher. Le visage de Mayères, sur l'écran, lui parut plus étranger que jamais. Il avait cru le comprendre, il avait formé des hypothèses, et voilà qu'il les voyait s'effondrer. La femme à laquelle il venait de parler ne correspondait pas à l'histoire qu'il s'était racontée pendant la nuit. Rien à voir avec l'ambitieuse assoiffée d'argent, femme fatale qui aurait assujetti son mari à un désir violent d'ascension sociale. C'était un véritable caractère romain qu'il venait de rencontrer, une femme froide, digne, satisfaite de son sort. Après tout, on pouvait recoller les deux images et se dire qu'elle était devenue ainsi sur le tard, une fois ses ambitions assouvies et la passion retombée. Pourtant, quelque chose ne collait pas. Soit l'image qu'il s'était faite du couple était fausse, soit, si elle était juste, cette femme avait joué la comédie. Mais dans quel but ?

Un peu plus tard, Aurel sortit de chez lui et trottina jusqu'à l'ambassade.

Alors qu'il traversait la grande cour pour gagner le bâtiment consulaire, il fut hélé de loin par un vieux monsieur vêtu d'un costume bleu ciel. C'était Marcelly, un avocat français à la retraite dont la famille était installée à Conakry depuis des générations et qui était resté dans le pays pendant les années noires. Il était membre de tous les clubs possibles, de la Commanderie de vins de Bordeaux aux Compagnons rôtisseurs, en passant par les Chevaliers de l'armagnac. Aurel l'aimait bien parce qu'il avait d'anciennes manières et qu'il était toujours tiré à quatre épingles.

— Je voulais vous voir, justement, dit Marcelly en serrant chaleureusement la main d'Aurel, je sors du service des visas et Lemenêtrier m'a dit qu'en ce moment vous êtes le représentant du consulat pour toutes les affaires officielles.

Si Lemenêtrier avait dit cela, c'était sûrement que la proposition de Marcelly était un pensum sans intérêt. Pour représenter le consulat à une réunion du Rotary, il n'aurait pas si volontiers cédé sa place.

— De quoi s'agit-il, maître ?

— Voilà : vous savez certainement que je préside l'association des membres de l'Ordre national du Mérite à Conakry.

À l'étranger, et particulièrement en Afrique, les décorations françaises sont très recherchées. Certains n'hésitent pas à faire le siège des autorités diplomatiques pendant des années pour les obtenir. Les associations du genre de celle que présidait Marcelly perpétuent, pour leurs membres, le souvenir des efforts qu'ils ont dû fournir pour en être dignes.

— Il se trouve que ce soir, poursuivit le vieil avocat, nous organisons une petite cérémonie d'hommage pour ce pauvre Mayères, tué lâchement sur son bateau.

Aurel sursauta.

— Je croyais que vos membres étaient des résidents ?

— En effet. Mais si des personnes de passage veulent s'associer à nous pendant la durée de leur séjour, elles sont les bienvenues. Partout où nous allons, nous sommes membres de droit de toutes les associations locales.

— C'est un grand privilège, fit Aurel en feignant une admiration qu'il était loin de ressentir.

Il avait toujours eu en horreur toutes ces assemblées. Où qu'il soit, il ne revendiquait qu'un droit : celui qu'on le laisse tranquille.

— Le consulat se doit d'être représenté à cet hommage. Je ne doute pas que si monsieur le Consul Général avait été là...

— À quelle heure se tient votre réunion, et où ?

— À dix-neuf heures, à l'Ancien Cercle.

— Comptez sur moi, maître.

C'était une bonne occasion de rencontrer des personnes qui avaient côtoyé Mayères, pensait Aurel en montant jusqu'à son bureau. Mais que faisait-il donc dans cette association de gâteux ? Est-ce qu'ils étaient allés le chercher ou est-ce qu'il était venu tout seul ? Aurel devait tirer cela au clair.

En arrivant devant sa porte, il trouva le bureau fermé et eut un instant d'angoisse. Baudry lui aurait-il fait retirer tous ses acquis récents ? Mais il se souvint que Hassan était rentré se coucher.

Personne d'autre n'avait la clef. Il ouvrit. Son premier geste fut de décrocher son téléphone pour informer les gendarmes que Mme Jocelyne Mayères allait le demander vers dix heures. Il les pria de l'avertir pour qu'il descende à sa rencontre et l'amène chez le commissaire.

Il avait deux heures devant lui. Il en profita pour ouvrir son ordinateur et faire de nouvelles recherches sur cette Aimée qui décidément l'intriguait. Il avait eu une idée pendant la nuit à son propos et il voulait la vérifier.

Aimée Mayères était facile à tracer sur Internet : elle adorait les clubs en tout genre et collectionnait les postes honorifiques dans les organisations les plus variées. Ce qu'elle semblait affectionner le plus, c'étaient les cercles de bienfaisance. Pas ceux qui demandent un militantisme de terrain. Elle n'avait aucun goût pour les hôpitaux, les centres de distribution de nourriture, les foyers. Ce qu'elle aimait, c'était la bienfaisance mondaine, les dîners de charité où l'on parle des pauvres mais en exhibant ses toilettes les plus chères. Aurel trouva un nombre considérable d'articles tirés de journaux locaux, de sites associatifs ou municipaux dans lesquels on voyait Aimée Mayères, habillée comme un arbre de Noël, remettre des chèques factices en carton, recevoir des bouquets de fleurs, s'adresser sur scène à un parterre en tenue de soirée. Cela, il s'en doutait. Mais il cherchait autre chose. Un article dans *Var-Matin* le mit sur la voie. On y voyait Aimée sur un ponton donner le départ d'une régate. En tirant ce fil, Aurel tomba bientôt sur la confirmation de ses intuitions : le bateau, c'était elle. Son raisonnement était simple : Jacques Mayères, l'homme des montagnes, passionné par la chasse au chamois et les oiseaux des Alpes, n'avait aucune raison de se retrouver sur un voilier. Tandis qu'Aimée, qui vivait désormais sur la Côte d'Azur, semblait avoir toujours eu un intérêt pour la mer.

Dans un autre article, publié dans *Le Dauphiné* dix ans plus tôt, Mayères et sa femme s'expliquaient sur leur passion pour la plaisance. Ils avaient reçu le journaliste sur leur bateau amarré dans le port de La Rochelle. Mayères se préparait à effectuer la traversée de l'Atlantique avec un skipper. Aux questions du journal il répondait ceci : « C'est ma femme qui m'a fait connaître la mer. Dans sa famille, il y a une longue tradition de yachting. »

En poussant les recherches, Aurel découvrit que des Delachat étaient en effet propriétaires d'un yacht en Méditerranée dans les années cinquante. C'était sans nul doute la branche prospère de la famille. Ils devaient se vanter d'être devenus des yachtmen et c'était un motif de jalousie de plus pour la branche désargentée.

Si bien qu'on pouvait reconstituer l'affaire ainsi : dans sa volonté d'imiter ses glorieux et détestables cousins, Aimée avait jugé très tôt que la possession d'un bateau était une marque incontournable de réussite. Elle avait poussé Mayères dans cette direction. Après avoir partagé – en apparence – cette passion, chacun l'avait cultivée à sa manière : Mayères en continuant à naviguer ou en rêvant de le faire. Et finalement en s'embarquant sur un bateau après avoir vendu son entreprise. Aimée en vivant au bord de la mer et en devenant assidue à toutes les manifestations nautiques chics de la Côte. Plusieurs articles la montraient plus ou moins éméchée à des soirées mondaines sur des voiliers de luxe ou dans des ports de la Méditerranée. Elle était personnellement membre bienfaitrice du yacht-club de Cannes. Ces documents éclairaient une partie de l'histoire, mais il restait une chose importante à vérifier. Parmi toutes les personnes qu'Aimée côtoyait sur ces photos – et elle semblait tout à fait intime avec plusieurs d'entre elles –, certaines étaient-elles susceptibles de se trouver en Guinée ? Y avait-il dans ces visages de fêtards le chaînon manquant qui pourrait relier Aimée à Conakry ? Dès le retour de Hassan, il le lancerait sur cette piste. Il lui fallait à tout prix savoir qui était passé par la marina ces dernières semaines. À supposer qu'il y parvienne, cela signifierait ensuite un énorme travail de recoupement pour voir si l'itinéraire de certains bateaux pouvait permettre de pressentir un lien avec Mme Mayères. La probabilité était évidemment très faible, mais dans une enquête il fallait compter avec la chance. Aurel n'eut pas le temps d'approfondir ce point car le poste de garde appelait pour annoncer l'arrivée de Jocelyne Mayères. Aurel ferma l'ordinateur et descendit en courant.

VI

En Roumanie, quand il était jeune et qu'il rêvait de la France, Aurel s'était fait une certaine idée de l'élégance française. Celle des femmes, bien sûr, mais aussi celle des hommes. Il en était resté sur ce point à des notions tirées des romans de Maupassant, corrigées par les films des années trente. Il comprenait que cannes, chapeaux ou épingles à cravate aient disparu. Mais il imaginait toujours les Français amateurs de costumes de belle coupe et de tissus riches. Ce qu'il avait découvert en arrivant l'avait consterné. Il ne s'était jamais tout à fait habitué aux pantalons tire-bouchonnés, aux couleurs mal assorties, aux chaussures jaunes accompagnant des costumes bleus et autres hérésies qu'il avait sous les yeux tous les jours. Dès son entrée chez le commissaire Dupertuis en compagnie de Jocelyne Mayères, Aurel avait retrouvé le même désolant spectacle. Dieu seul savait où le policier avait bien pu dégoter une veste pareille, avec des carreaux si horribles qu'ils faisaient peine à regarder. Son adjoint, convoqué pour la circonstance, arborait un pantalon rouge (rouge !), et un troisième homme, sans doute un coopérant technique, des chaussures blanches et un jean. De ce point de vue, Aurel se sentait très solidaire des Guinéens, qui, eux, restaient fidèles à une élégance classique. Qu'ils portent le costume traditionnel ou des vêtements européens, les Africains faisaient preuve d'un goût très sûr dans l'assortiment des tons et le choix des matières. Aurel était d'autant plus gêné de voir ses compatriotes français aussi peu dignes de leur héritage culturel.

Le commissaire accueillit la sœur du défunt avec beaucoup d'égards. Toutefois, on le sentait surexcité. Après les habituelles formules de bienvenue, il eut hâte d'annoncer :

— Il y a du nouveau dans l'enquête, madame. Le commissaire Bâ vient de m'appeler ; c'est lui qui dirige les investigations pour la police guinéenne.

Dupertuis jeta un regard de triomphe autour de lui. Ses collaborateurs s'empressèrent de lui retourner un sourire servile.

— Nos amis guinéens ont bien travaillé.

Il avait envie de dire « pour une fois » mais se retint.

— Voici ce qu'ils ont appris : un changeur au marché noir de Coyah les a appelés hier soir

– ces types-là servent souvent d'indicateurs et ils avaient dû le mettre en alerte. On lui avait présenté un billet de 500 euros. C'est très inhabituel par ici.

— Où est-ce, Coyah ? demanda Jocelyne Mayères.

— À la sortie de Conakry, sur la route vers la Sierra Leone.

Sur le mur de son bureau étaient affichées une carte du pays et une vue par satellite de la capitale. Dupertuis se plaça devant et montra un point du doigt.

— C'est là. Donc le changeur a prévenu la police. Il a dit à son client de revenir le lendemain, qu'une somme pareille demandait du temps, etc.

Aurel se souvenait d'être allé une fois par là-bas avec Baudry, pour une sombre histoire concernant un ressortissant français. C'était un jeune routard qui s'était fait dévaliser et séquestrer par une bande. Comme le père occupait des fonctions importantes à la Banque de France, le Consul Général avait dû se déplacer. Le coin avait mauvaise réputation. Aurel avait eu le sentiment pendant tout le trajet que Baudry l'avait emmené pour lui servir de bouclier humain. Finalement tout s'était bien déroulé.

— Le commissaire Bâ avec lequel nous travaillons en étroite collaboration…

Dupertuis avait dit « étroite » en serrant le

poing et ce geste suggérait plus le contrôle que la collaboration. C'était d'ailleurs son idée de la coopération avec les Africains : il la concevait amicale et paternelle, en vertu d'une hiérarchie implicite qui plaçait la police française bien au-dessus de ceux qu'elle présentait comme ses « homologues ».

— Le commissaire Bâ, disais-je, a eu un bon réflexe. C'est un homme de valeur qui a suivi les cours de la prestigieuse école de police judiciaire de Lyon. Il a tendu un piège à l'individu qui avait voulu changer ces 500 euros. Ce matin, à l'aube, c'est-à-dire à l'heure fixée par le changeur pour la transaction, Bâ et ses hommes ont pris position dans le quartier. Malheureusement…

Jocelyne Mayères était suspendue aux lèvres du policier. Aurel, lui, avait déjà compris. Il tourna la tête vers la fenêtre.

— … Une maladresse, probablement. À moins que le type ait eu un complice et qu'il ait repéré un mouvement suspect… Quand notre homme est arrivé en vue du dispositif, quelque chose l'a mis en alerte. Il a battu en retraite. Un des membres de l'équipe de Bâ a essayé de couper sa fuite. L'homme a sorti une arme et a tiré.

— Le policier est mort ? s'écria Jocelyne.

— Blessé, seulement. Mais c'est assez sérieux. On l'a transporté à Conakry et, à midi, il a été opéré. Une balle dans le ventre. Je viens d'apprendre qu'il est hors de danger.

— Quelqu'un a-t-il reconnu l'agresseur ? demanda Aurel sans enthousiasme car il avait sa propre idée.

— Excellente question, m'sieur l'Consul.

Cette manière de prononcer son titre à la légère était un signe de sympathie adressé à Aurel par le commissaire. Une façon de dire qu'entre eux il ne fallait pas prendre les hiérarchies trop au sérieux, mais que chacun, tout de même, devait rester dans son rôle.

— C'est le seul aspect positif de ce ratage. L'homme a été identifié. C'est un petit malfrat qui sert parfois d'indic et plusieurs policiers l'ont reconnu.

Aurel avait failli s'écrier « Lamine » mais il se retint à temps.

— Son nom ne vous dira rien, fit doctement le commissaire. Un certain Lamine Touré. Mais le plus important n'est pas là. Les policiers guinéens sont retournés chez lui. Ils y étaient passés rapidement après le meurtre, quand ils ont remué les bas-fonds pour faire remonter des indices. Ils n'avaient rien trouvé. Cette fois, ils sont allés plus en profondeur. Et ils ont découvert...

— Que c'est le copain de cette fameuse fille avec laquelle vivait mon frère sur son bateau.

Jocelyne Mayères, bousculée par le voyage et toutes ces informations nouvelles, ne faisait pas bien la part entre ce qu'Aurel avait appris seul de son côté et ce qu'elle était supposée savoir.

— Comment ? Vous étiez au courant ?

Un coup d'œil à Aurel suffit à la Française pour comprendre qu'elle avait gaffé. Il passait nerveusement son doigt dans le col de sa chemise, comme s'il cherchait à décoller un pneu de sa jante.

— Nous l'avons appris cet après-midi, bafouilla Aurel en regardant le commissaire. C'est d'ailleurs ce que nous venions vous raconter.

— Et comment l'avez-vous appris ?

— Par des racontars. C'est l'huissier qui travaille avec moi… vous savez, Hassan… Il a entendu quelque chose hier dans le taxi collectif en rentrant chez lui. Les gens parlent beaucoup là-dedans. Une rumeur. Rien qu'une rumeur. Nous voulions justement vous interroger…

Le commissaire fixa encore un instant Aurel avec l'œil noir qu'il réservait aux suspects. Puis, décidé à lui faire crédit de sa bonne foi, au moins pour aujourd'hui, il reprit en se tournant vers Jocelyne Mayères.

— Je suis en mesure, tout à fait confidentiellement bien entendu, de confirmer cette rumeur. Ce voyou était bel et bien l'amant de cette fille.

Il toussa et chercha un peu de courage en regardant tour à tour ses collaborateurs.

— Nous devons entrer, je le crains, madame, dans des considérations un peu, disons, gênantes, en ce qui concerne la vie de votre frère.

— Allez-y, je vous en prie.

— Voilà : cette jeune femme vivait avec lui depuis plusieurs semaines.

— Je sais.

— Il y a déjà là quelque chose d'un peu délicat car, d'après ce que nous a dit monsieur le Consul, il est marié...

— Séparé.

— Bien. Quoi qu'il en soit, il n'est pas question de porter un jugement... En revanche, il est important de savoir que cette fille est ce que l'on appelle...

— Une prostituée.

En voulant l'aider, Jocelyne Mayères mettait le commissaire très mal à l'aise car il cherchait justement un mot moins cru.

— Pas tout à fait. Pas au sens où nous pourrions l'entendre en Europe. Mettons seulement qu'elle n'était pas, comment dire ?... désintéressée.

— Et le type qui a blessé un policier est son souteneur ?

En prenant un ton interrogatif, elle sauvait la vie d'Aurel. Celui-ci tendit vers elle un visage transfiguré de reconnaissance.

— C'est probable. Très probable, même.

Le commissaire alla se rasseoir derrière son bureau. Les mains jointes sous le menton, il marqua un temps, signe qu'il allait livrer une importante conclusion.

— Ces développements corroborent les hypothèses que nous avions formulées sur la base de déductions logiques. Il s'agit bien d'un crime commis par un couple d'indigènes crapuleux agissant de manière coordonnée. La fille a gagné la confiance de votre malheureux frère et a dû préparer le terrain. Son souteneur l'a rejointe sur le bateau. Nous savons maintenant qu'il dispose d'une arme. Il a tué M. Mayères et elle lui a donné la clef du coffre. Puis elle a simulé une agression.

Aurel avait envie de crier : « Et le mât ? Pourquoi l'avoir suspendu en haut du mât ? », mais il se retint et laissa parler Mme Mayères.

— Que va-t-il se passer, maintenant ?

— Eh bien, madame, il faut espérer que nos amis guinéens vont se montrer plus efficaces. Le signalement du bonhomme a été donné à toutes les gendarmeries et aux postes-frontières. Il ne reste plus qu'à attendre.

— Et la fille ?

— Ils sont en train de l'interroger à nouveau. Je pense qu'ils ne vont pas la ménager. Là-dessus, on peut compter sur les Guinéens. Ils ont connu suffisamment d'années de dictature pour savoir faire parler les suspects.

Jocelyne Mayères eut un regard étonné. Le commissaire se demanda s'il n'avait pas affaire, non seulement à une sœur éplorée, mais à une militante des droits de l'homme. Il se hâta de corriger sa phrase.

— Je veux dire obtenir les aveux des coupables. En toute légalité et dans le respect des droits de la défense, bien sûr.

— Bien sûr, opina Aurel.

Il avait eu une image fugitive des geôles de Ceausescu, où, triste privilège, il avait été retenu plusieurs fois et accusé de « conduites antisociales ».

L'entretien, du point de vue de Dupertuis, était terminé. Il fit mine de se lever mais Jocelyne Mayères l'arrêta.

— Deux ou trois choses, commissaire, si vous permettez.

— Mais... je suis à votre entière disposition, madame.

— Tout d'abord, j'aimerais visiter le bateau de mon frère.

— Ce ne sera pas difficile : il est toujours gardé. Le commissaire Bâ va se faire un plaisir d'organiser cela.

— Et je souhaiterais m'y rendre en compagnie de monsieur le Consul.

Aurel, qui n'avait rien demandé, se tourna vivement vers Jocelyne Mayères. Il était extrêmement émotif dans ses rapports avec les femmes. Le sentiment le plus beau pour lui était la reconnaissance. Dieu sait que son épouse lui avait reproché cette attitude de chevalier servant à son égard. Elle le trouvait ridicule mais c'était plus fort que lui. Il avait besoin de tendre les mains vers une entité féminine toute-puissante et de baiser les siennes avec reconnaissance. La vague sympathie qu'il avait éprouvée jusque-là pour la sœur de Mayères se transforma d'un seul coup en une dette infinie qui faisait de lui, instantanément et pour toujours, son esclave et son héraut.

— Si vous le souhaitez, dit Dupertuis en jetant un regard égrillard à Aurel.

— Merci, commissaire. Il y a encore autre chose.

— Oui ?

— J'aimerais pouvoir rencontrer cette femme...

— La fille qui était à bord du bateau ? Elle ne vous apprendra rien. C'est une petite garce comme il y en a beaucoup ici, qui traînent autour des Européens. L'argent, vous comprenez...

— Peu m'importe ce qu'elle est. Mais, voyez-vous, mon frère l'a aimée.

— L'a aimée... !

Un petit sourire fleurit sur le visage des policiers. Ils échangèrent entre eux des regards entendus.

— En tout cas, il lui a fait assez confiance pour la prendre à son bord et vivre avec elle. Je voudrais qu'elle me parle de lui, de ses derniers mois.

Les assistants ne riaient plus. Ils observaient cette grande femme grave, qui parlait en les regardant tour à tour avec ses yeux noirs largement ouverts et qui ne cillaient pas.

— Vous savez, commissaire, il y a plusieurs années que j'ai perdu le contact avec mon frère. J'aimerais conserver quelque chose de lui, de sa vie, mieux comprendre…

— Je vais voir avec les Guinéens, coupa le commissaire qui redoutait de céder à l'émotion. La voiture va vous raccompagner à votre hôtel et je vous ferai prévenir dès que j'aurai pu joindre le commissaire Bâ.

Jocelyne Mayères se leva avec beaucoup de dignité. Elle tendit la main au policier par-dessus le bureau. Il la saisit et la garda dans la sienne pendant qu'il faisait le tour et se plaçait devant elle.

— Merci pour votre collaboration, chère madame.

On sentait qu'il aurait volontiers conclu cette élégante formule par un baisemain, s'il avait su le pratiquer. Il marcha jusqu'à la porte et laissa passer la visiteuse.

— Vous permettez que je retienne un instant M. le Consul ?

— Faites ! Je l'attendrai dans l'entrée. Il faut que je passe un coup de fil à mon mari.

— Ce ne sera pas long.

Le commissaire referma la porte. Aurel eut peur de devoir essuyer des reproches, à cause de sa proximité avec Mme Mayères. Il craignait surtout que Dupertuis revienne sur ces histoires de rumeur, à propos du lien entre Mame Fatim et Lamine. Mais le policier avait autre chose en tête.

— Dis-moi, Aurel. Puisque c'est toi qui as l'autorité en l'absence de Baudry.

L'autorité… Il fallait tout de même compter avec Lemenêtrier. Tant pis, Aurel opina.

— Voilà : nous souhaitons que Mayères soit autopsié mais il ne s'est encore rien passé. J'ai interrogé les Guinéens. Ils ont fini par me dire qu'ils n'avaient pas les moyens de prendre cela à leur charge. Tu connais l'état de leurs finances. Ils ont besoin de notre concours. Ce n'est pas tant l'autopsie elle-même qui est intéressante mais elle permettra des prélèvements toxicologiques et une analyse du projectile, s'ils le retrouvent dans le corps. Il faut le comparer avec la balle qui a été retirée du ventre du policier blessé. Il n'y a pas de labo ici. Il faudrait envoyer ça à Dakar. Ce sont des frais. Est-ce que le consulat pourrait débloquer quelque chose ? Après tout, c'est un citoyen français.

— Certainement, certainement.

Aurel était soulagé. Rien de grave, au fond. Il trouverait facilement des fonds dans le budget du consulat, qui gardait toujours une réserve pour ce type d'interventions. Et grâce à ce rôle de financier, il allait pouvoir rester dans le coup. On ne pourrait pas lui refuser des informations sur le résultat de ces investigations.

— Je cours me renseigner.

Aurel était déjà à la porte. Mais le téléphone sonna et il s'arrêta.

— Ah, c'est toi, Bâ ! cria le commissaire dans le combiné.

Il écouta d'abord ce que son homologue guinéen avait à lui dire. Aurel jugea prudent d'attendre avant de sortir.

— Au fait, j'ai ici la sœur du mort. Mme Jocelyne. Oui… Elle voudrait visiter le bateau de son frère. Tu préviens ton planton ? Elle peut y aller tout de suite ? Parfait. Non, je ne l'accompagnerai pas. Elle sera avec Aurel, le Consul. Tu l'as vu dans mon bureau. Merci. Et toi, quand est-ce que tu passes me voir ? J'ai de bonnes nouvelles à propos de l'autopsie. Tout de suite ? Alors je t'attends.

Il raccrocha et fit signe à Aurel qu'il pouvait sortir.

— Va rejoindre ta belle dame. Vous pouvez aller à la marina dès maintenant.

Aurel remercia et saisit la poignée de la porte capitonnée.

— Joli cœur ! lança le commissaire avec un clin d'œil.

Aurel rougit et prit la fuite, pour le plus grand bonheur des trois policiers.

*

— C'est vraiment gentil de m'avoir emmené. Je vous remercie.

Serré à l'arrière de la Clio du consulat, Aurel avait attendu d'être presque arrivé pour articuler cette phrase, tant il était ému. Jocelyne Mayères haussa les épaules.

— Pourquoi me remercier ? dit-elle en descendant de voiture. J'ai confiance en vous, voilà tout.

Ce compliment achevait Aurel et lui ôtait tout courage pour répondre. Il laissa passer un moment puis reprit la discussion sur un autre front, moins sensible pour lui.

— J'ai appelé votre belle-sœur.

— Alors, comment a-t-elle réagi ?

— Elle m'a dit qu'elle ne demandait rien. Elle avait l'air de ne pas se préoccuper du tout de la succession.

— Aimée ! Vous plaisantez ?

— Non, je vous assure. Elle a été très digne et j'ai eu l'impression d'entendre une femme satisfaite de son sort et qui n'attendait rien.

— Elle vous a joué la comédie, pardon. Telle que je la connais, elle tuerait père et mère pour mettre la main sur la fortune que Jacques avait amassée.

— Est-ce qu'elle tuerait son mari, aussi ?

Ils se regardèrent un long moment, en silence.

— Si elle ne montre aucune émotion à l'idée que cette fortune ait pu disparaître, dit

146

pensivement Aurel, c'est peut-être qu'elle sait où cet argent se trouve. Et qu'il va lui revenir.

— Vous pensez que pour le récupérer elle aurait pu...

— Je ne pense rien.

— Je ne vois pas comment... depuis la Côte d'Azur, elle aurait pu faire tuer son mari.

— Moi non plus, je ne vois pas.

— Ça me paraît totalement invraisemblable.

— « Celui qui croit aux miracles est un imbécile ; celui qui n'y croit pas est un athée. » Ma grand-mère disait cela en yiddish.

Jocelyne éclata de rire. Aurel ne se sentait plus de bonheur.

La voiture n'avançait pas vite car des embouteillages monstres paralysaient la capitale chaque jour à ces heures-là.

— Votre belle-sœur n'a pas non plus l'air très impatiente de connaître les résultats de l'enquête. Elle ne portera pas plainte. Souhaitez-vous le faire ?

— Mon mari qui est avocat me l'a conseillé. Mais ça ne va rien changer pour le moment. À part pour les affaires de terrorisme, le ministère français de la Justice ne se mobilise pas volontiers et, de toute façon, il faudra des mois. C'est maintenant que l'affaire se joue. S'il y a une chance de découvrir ce qui est arrivé à Jacques...

Elle se tourna vers Aurel et, au regard qu'elle

lui lança, il comprit qu'elle comptait sur lui. Il se détourna pour cacher son émotion.

Heureusement, la voiture arrivait à l'entrée de la marina. Le chauffeur les déposa le long du trottoir. La chaleur était un peu atténuée par l'ombre des arbres. Jocelyne retira ses sandales et les tint à la main par les lanières. Le sable de l'allée était doux et chaud sous les pieds.

— C'est un bel endroit.

— Quand on aime la mer.

— Vous me faites rire, Aurel. Vous permettez que je vous appelle Aurel ? Nous sommes un peu complices, maintenant. Je vous ai rejoint pour mener votre petite enquête…

Aurel tenta une sorte de révérence muette et buta dans une racine.

Jocelyne, qui marchait devant, s'arrêta à l'endroit où l'allée surplombait le bassin.

— Alors, c'est là ?

Elle avait posé les mains sur ses hanches ; ses sandales pendaient le long de sa cuisse. La lumière se réverbérait sur l'eau étale de la marina. Aurel mit ses lunettes de soleil et Jocelyne sourit en le regardant.

— Elles sont marrantes, vos lunettes. On dirait Yves Montand dans *L'Aveu*…

Aurel rougit et d'un geste nerveux fourra les lunettes dans sa poche.

— Excusez-moi, bafouilla-t-il.

Les voiliers au mouillage se balançaient à

peine. Sur les ponts, des toiles tendues entre les mâts donnaient une pénombre colorée. Quatre personnes, sous l'une d'elles, achevaient de déjeuner. Un homme en maillot de bain, la poitrine couverte de poils noirs, fumait, appuyé contre le hauban. L'endroit sentait les vacances, mais des vacances particulières, sans l'impatience qui les accompagne souvent, des vacances qui n'auraient jamais de fin.

— C'est curieux que Jacques soit resté longtemps dans un endroit pareil. Lui qui était si actif...

— Allons d'abord saluer le patron, réussit à dire Aurel, la bouche collée par l'émotion.

Ils se dirigèrent vers le club-house. Trois des tables de la terrasse avaient été dressées pour le déjeuner. Sur deux d'entre elles, il restait de la vaisselle en désordre et les bouteilles de rosé presque vides d'un repas terminé. Autour de la troisième, deux couples d'âge mûr traînaient en attendant les cafés. Le patron sortit de la cuisine et fit une grimace en voyant Aurel et la femme qui l'accompagnait. Il posa les tasses devant les derniers clients et vint sans se presser à la rencontre du Consul.

— Madame Mayères, permettez-moi de vous présenter M. Ravigot, le propriétaire de cet établissement.

Puis, se tournant vers le patron :

— Mme Jocelyne Mayères, sœur du défunt. Arrivée hier de France.

149

— Bonjour, madame. Je vous présente mes condoléances.

Ravigot n'essayait pas d'être aimable. Cette affaire lui faisait du tort. Il attendait qu'elle finisse et qu'on le laisse tranquille. Tous ces rebondissements lui déplaisaient.

— Nous sommes venus visiter le bateau, dit Jocelyne.

— Ne vous gênez pas. Je suppose que le policier à bord est prévenu ?

— Oui, oui.

— Dans ce cas, Seydou va vous conduire. Seydou !

Le patron était content de crier, pour appeler le gardien. Cela lui permettait d'évacuer un peu de sa mauvaise humeur. Malheureusement, le Guinéen devait être juste derrière le bâtiment. Il passa la tête par la fenêtre et Ravigot n'eut pas le plaisir de beugler à nouveau.

— Sors la yole et conduis ces messieurs-dames sur le *Tlemcen*.

Jocelyne et Aurel descendirent vers le quai derrière Seydou.

— Il s'appelle le *Tlemcen*, son bateau ?

— Oui, madame, confirma Seydou.

Ils montèrent dans la petite barque et le gardien godilla vers le voilier.

Au ras de l'eau, la rumeur de la ville était assourdie. On entendait surtout le bruit frais des vaguelettes sur l'étrave de bois. Une fraîcheur montait du bassin. Jocelyne, à l'avant, regardait grandir la coque du bateau, à mesure qu'ils s'en approchaient.

— Où est le policier ? demanda Aurel en se tournant vers Seydou.

Ils étaient maintenant contre le flanc du voilier mais personne ne se montrait.

— Il m'a demandé de le conduire à terre il y a une heure. Quand il a su qu'il y aurait une visite, il en a profité pour aller se promener. Ils sont deux à se relayer toutes les douze heures. De toute façon, ils ne servent plus à rien et je ne pense pas qu'ils vont les laisser longtemps encore.

Seydou manœuvra la yole jusqu'à une échelle en alu fixée à l'arrière du voilier. Jocelyne monta à bord lestement. Aurel, son imperméable toujours sur le dos, hésita au moment d'enjamber l'espace entre les deux embarcations. Son pied droit ripa et se retrouva un instant dans l'eau. Il étouffa un cri en voyant le beau cuir se gorger d'eau salée.

Après avoir passé une amarre autour d'un des barreaux de l'échelle, Seydou monta à son tour. Le voilier était plus vaste qu'il ne le paraissait vu du club-house. Il mesurait environ quinze mètres de long et s'élargissait au centre pour ménager de spacieuses cabines. Le pont était en ordre, à l'exception des drisses du mât qui avaient été détachées à la hâte pour descendre le corps.

— Alors, c'est là que… murmura Jocelyne.

Seydou montra les barres de flèche et Aurel se tordit le cou pour regarder en hauteur.

— Oui, madame. Il avait les pieds à la hauteur de la petite poulie qu'on voit tout en haut.

— Ce qui veut dire qu'on le voyait de très loin ? dit Aurel.

— À marée haute, quand l'eau monte jusqu'au niveau de la digue, on peut voir le haut des mâts sur toute la côte, à l'extérieur de la marina. D'ailleurs, le matin où on l'a découvert, il y a des curieux qui sont arrivés de très loin, parce qu'ils avaient repéré le corps en ouvrant leur fenêtre.

Jocelyne écoutait ces explications d'une oreille distraite. Elle s'était approchée de la partie haute du pont et elle effleurait du bout des doigts le sol en teck où se dessinait une tache de sang séché par le soleil. Elle était très émue. Aurel avait l'impression qu'elle était au bord des larmes.

— Je vais m'asseoir ici, dit Seydou. Vous pouvez circuler à l'intérieur. Tout est ouvert.

— Vous voulez y aller seule ou je vous accompagne ?

Aurel ne savait trop quelle contenance prendre devant l'émotion qui étreignait Jocelyne.

— Non, venez avec moi, Aurel. C'est par ici ?

À travers une large ouverture, on distinguait un escalier et l'obscurité des cabines. Ils descendirent l'un derrière l'autre.

Rien n'avait été touché dans le carré. On sentait que Mayères n'avait pas vu venir la mort. De la vaisselle sale s'empilait dans le petit évier et sur la table traînaient des journaux, des livres et même les lunettes en demi-lune que le défunt devait chausser pour lire. Ils avancèrent vers les cabines disposées autour d'un étroit couloir. Là aussi, tout portait la marque d'une présence. On ne pouvait pas parler de désordre mais plutôt de vie. Dans la plus grande des cabines, le lit était couvert d'une housse bleue au-dessus de laquelle était chiffonné un drap fin. Deux oreillers étaient disposés à la tête du lit mais un seul semblait avoir été utilisé. Jocelyne s'assit sur le rebord du lit et Aurel comprit qu'elle voulait se recueillir. Il poursuivit la visite. Une deuxième cabine, à côté, montrait un plus grand désordre. Des sous-vêtements de femme étaient jetés sur le sol et jusque sur le rebord du hublot. Un parfum lourd de rose et de musc flottait dans l'air confiné. Aurel referma rapidement la porte, comme s'il avait commis une indiscrétion en pénétrant dans ce sanctuaire féminin. En face, une autre porte ouvrait sur une cabine vide. Le couvre-lit n'avait pas été défait. Enfin, tout à l'avant, Aurel essaya de tourner le bouton d'une dernière porte mais il constata que la serrure avait été forcée. En ouvrant, il découvrit une cabine triangulaire située à la proue et aménagée en bureau. Sur des étagères étaient rangées des cartes marines et des livres de navigation. Il n'y avait aucun document sur la table. Cela pouvait être soit le signe d'un parfait rangement, soit le résultat d'une collecte de scellés par les équipes de la police. Sous le bureau, le long de la paroi gauche, était placé un gros coffre-fort à combinaison et à clef. La porte était largement ouverte. Aurel se mit péniblement à quatre pattes et approcha sa tête de l'ouverture. Comme la pénombre ne laissait pas bien voir le contenu, il tâta à l'aveuglette avec sa main. Le coffre était vaste et comportait deux étages. Celui du haut était vide. Au fond du compartiment du bas, quelqu'un avait repoussé des papiers qui sans doute ne l'intéressaient pas. Aurel ramassa tout méthodiquement. Quand il se releva, il posa ses trouvailles sur le bureau. C'étaient des paquets de lettres classées par années et attachées par de la ficelle ou du raphia. Il devait y avoir une trentaine d'enveloppes. Le voleur les avait négligées et la police aussi. Aurel les fourra dans la grande poche de son trench.

Il resta encore un moment dans cette cabine. Quelque chose lui semblait bizarre. Il n'aurait pas su dire quoi. Il regardait autour de lui pour tâcher de comprendre ce qui pouvait l'intriguer.

Le bureau était éclairé par un hublot carré fixé à plat sur le pont. Dans la journée, une forte lumière entrait par cette ouverture et illuminait la pièce. Aurel détaillait les objets, stylos, cahiers, cartouches d'encre qui traînaient sur le bord de la planche de travail. Il ne voyait rien d'anormal. Soudain, il approcha de la paroi. À cet endroit, l'étrave était incurvée et le bureau prenait sur les côtés la même forme en creux. La paroi était donc inclinée et fuyait vers le sol. À cinquante centimètres du plafond environ était fixé un petit cadre à la bordure de laiton. Dedans, une photo représentait le *Tlemcen* dans un port. Ce cadre était la seule décoration de la cabine. Aurel se pencha pour tenter de distinguer les silhouettes présentes sur le pont de bateau et photographiées pendant qu'elles agitaient la main. Il lui sembla que la photo avait été prise le jour du lancement du voilier. Il chercha parmi les visages mal visibles sur le cliché s'il reconnaissait celui d'Aimée. Le tableau était peu éclairé et Aurel le saisit machinalement, comme pour l'approcher de ses yeux. À cet instant, et de façon inopinée, le cadre de cuivre se détacha de la paroi et lui resta dans la main. Il avait été simplement placé là grâce à un clip pour masquer une plaque de cuivre horizontale vissée dans la coque. La destination d'un tel aménagement – qui, à l'évidence, avait été réalisé bien après la fabrication du bateau – était mystérieuse. À quoi pouvait servir un étroit hublot de cette nature ? À apporter de la lumière ? Il y en avait suffisamment et, de toute façon, il était obturé. À faire un courant d'air ? Le hublot du plafond s'ouvrait largement.

Aurel essaya d'ôter les quatre gros écrous qui dépassaient de la plaque. Ils étaient à peine serrés et il y parvint facilement. Il tira ensuite la plaque et se rendit compte qu'elle était assez épaisse et s'enfonçait dans toute l'épaisseur de la coque. Une fois ôtée, elle laissait voir une ouverture horizontale, située presque au ras de l'eau. Aurel se pencha et regarda à travers. Elle permettait d'observer presque tout le bassin de la marina. Le soleil avait commencé à baisser et les occupants des voiliers amarrés avaient retiré les bâches qui les protégeaient. Une femme tendait du linge sur un fil. Deux hommes étaient penchés sur le moteur d'une annexe. Aurel referma l'ouverture, vissa les boulons et replaça le cadre.

Puis il retourna auprès de Jocelyne qui n'avait pas quitté la chambre de son frère. Elle avait ouvert des placards discrètement, sans rien déplacer, juste pour s'imprégner de l'atmosphère particulière de cette cabine dont l'occupant semblait devoir revenir d'un instant à l'autre.

— Vous avez vu ? dit-elle en tendant un cadre à Aurel. La fille de Jacques quand elle avait six ans. Pauvre gamine. Et là, c'est Robert, notre frère aîné. Le héros de la guerre d'Algérie, celui qui a été tué à Tlemcen.

Sur la photo un peu floue, un jeune militaire jetait à l'objectif un regard de défi. Il portait sur la tête un képi galonné qu'il avait posé légèrement de travers, signe qu'il se sentait assez libre dans cet uniforme pour l'accommoder à sa guise. Aurel ne retrouvait pas dans ce visage les traits de Jacques Mayères, non plus que ceux de Jocelyne, d'ailleurs. Ce soldat voué à une mort prochaine avait une expression douce, presque angélique ; des boucles blondes encadraient son visage et, malgré la mauvaise qualité de la photo, on pouvait imaginer qu'il avait la peau délicate et rose.

— Il y a des souvenirs de Robert partout : ses écussons, là, dans la petite boîte, une lettre manuscrite encadrée, et sous le lit, regardez ce que j'ai trouvé.

Elle tenait à la main un casque militaire. À l'intérieur, les lanières étaient en cuir. Quand elle le retourna, Aurel découvrit le trou bien rond laissé par une balle.

— C'est un de ses copains qui nous a rapporté ça après la mort de Robert. Je ne me souvenais plus où il était passé, cet horrible casque. Jacques a dû le récupérer dans les affaires de nos parents.

Aurel percevait l'émotion de Jocelyne et il voulait éviter qu'elle ne fonde en larmes. Il se sentait capable de pleurer avec elle. Il lui prit l'objet des mains.

— Vous voulez le garder ?

— Non, dit-elle. Laissez-le ici, sous le lit ou ailleurs.

Elle pivota et ouvrit la porte de la cabine.

— C'est terrible, le poids qu'on met parfois

sur les gamins. J'ai deux enfants et j'essaie de les préserver de tout ça.

Sans regarder les autres portes, elle se dirigea vers le carré puis remonta sur le pont, là où attendait Seydou.

— Autre chose à voir ? demanda-t-il à Aurel.

— Merci. Nous pouvons rentrer.

Ils remontèrent dans la yole. Seydou largua sa petite amarre et saisit la rame pour godiller.

— Avant de retourner à terre, je voudrais faire le tour du bateau, si ça ne vous ennuie pas.

Jocelyne était trop perdue dans ses pensées pour s'opposer à ce petit caprice d'Aurel. Seydou manœuvra la yole pour suivre le flanc du *Tlemcen* ; il s'éloigna de la proue pour contourner la chaîne qui plongeait dans l'eau puis il revint de l'autre côté. Tout autour de la coque, une ligne orangée avait été tracée qui séparait la zone émergée, peinte en blanc, et le fond, de couleur noire. Cette bande était en quelque sorte une matérialisation de la ligne de flottaison.

— Approchez un peu.

Seydou, à la demande d'Aurel, colla la yole contre la coque du voilier. Il fallait être tout près pour distinguer, dans l'épaisseur de la ligne orange, le contour du petit hublot horizontal qui s'ouvrait dans le bureau. Le couvercle qu'Aurel avait remis en place l'obstruait complètement et, sans connaître cette ouverture, il était impossible de deviner son existence.

Ils finirent leur tour du bateau et Seydou dirigea son esquif vers le débarcadère.

— Dis-moi une chose, Seydou. Pourquoi est-ce qu'il avait amarré son bateau à l'écart des autres, M. Mayères ?

— Je ne sais pas mais c'est lui qui avait choisi. Une fois, le patron a essayé de le faire bouger, parce qu'on devait accueillir un sloop très long, mais il a refusé et il a fallu se débrouiller autrement.

À terre, ils reprirent la Clio sans repasser par le club-house et Jocelyne demanda à retourner à l'hôtel. Elle voulait prendre un peu de repos et sans doute se recueillir après ce moment d'émotion. Pendant le trajet, Aurel lui raconta la découverte qu'il avait faite dans le bureau.

— Je ne connais rien aux bateaux. Ce n'est pas habituel, ce genre de petites ouvertures ?

— Je ne crois pas. Et puis, visiblement, votre frère voulait qu'elle reste discrète, sinon secrète.

— Qu'est-ce que cela signifie, selon vous ?

— Qu'il avait peur.

— De qui ?

— Le *Tlemcen* était amarré de telle sorte qu'on puisse observer tous les autres bateaux, à travers cette petite ouverture.

— Et vous en concluez ?

— Que le danger pour lui n'était pas à l'intérieur.

VII

À l'hôtel, ils trouvèrent un message du commissaire. Il leur indiquait que l'entrevue avec Mame Fatim était autorisée. Jocelyne avait jusqu'à dix-huit heures pour se rendre au commissariat central. Ensuite, la jeune femme devait être transférée au tribunal pour être présentée à un juge.

— Je vous y fais conduire tout de suite, dit Aurel.

— Je voudrais que nous y allions ensemble, s'il vous plaît.

— Mais, je ne pense pas que le commissaire…

— Ne vous inquiétez pas. J'en fais mon affaire. Venez.

Aurel était bouleversé par ce nouveau signe de confiance. Il était clair, désormais, qu'ils menaient cette enquête à deux. Il se cala, tout ému, à l'arrière de la Clio. Seule ombre au tableau : il mourait de soif. Avec ces émotions, il aurait volontiers bu un grand verre de blanc bien frais. Il y avait pensé pendant le trajet vers l'hôtel. Maintenant qu'ils en partaient, il y pensait toujours.

Le commissariat était situé dans le centre-ville. Les trottoirs dans ce quartier étaient envahis par des étals sommaires et les marchands ambulants circulaient en brandissant des objets inattendus, du sèche-cheveux à la panoplie de Spiderman, de la bouée pour enfant au kit d'outillage.

Aurel fraya un chemin à Jocelyne jusqu'à l'entrée. Deux policiers en faction les laissèrent passer sans rien leur dire. À l'intérieur, un dédale de petits couloirs, d'escaliers et d'ascenseurs leur permit d'accéder au secrétariat du commissaire Bâ, non sans avoir demandé leur chemin une demi-douzaine de fois.

Les hiérarchies administratives africaines ont leurs codes. L'un d'eux, le principal peut-être, est la température. Plus un personnage occupe une fonction importante, plus son bureau est réfrigéré. Dans les couloirs règne une chaleur qui ne vient pas seulement du dehors mais aussi des climatiseurs qui rejettent dans ces lieux, voués à la circulation des subalternes, l'air chaud extrait des bureaux. Jocelyne Mayères était en nage. Des auréoles de sueur assombrissaient son chemisier sous les aisselles et dans le cou. Aurel, toujours sanglé dans son imperméable, ressentait malgré sa résistance un léger malaise.

Il n'eut pour effet que de faire perler une minuscule goutte sur sa tempe.

Enfin, ils pénétrèrent dans le secrétariat du commissaire. Deux femmes vêtues du même boubou d'un bleu profond tapaient sur des ordinateurs d'un modèle ancien. Un petit climatiseur abaissait la température de quelques degrés par rapport au couloir. Quand le commissaire, prévenu par leurs soins, introduisit les visiteurs dans son bureau, ils eurent tout à coup l'impression de changer de continent. Une bise glaciale traversait la pièce, crachée par les bouches grandes ouvertes de trois machines réfrigérantes.

Bâ était un homme de haute taille, élancé comme le sont souvent les Peuls. Il y avait dans sa personne une simplicité, on aurait même pu dire une limpidité, qui se reflétait dans le décor. La pièce était peinte en blanc, le bureau d'acajou vide de tous papiers. Aux murs étaient accrochés divers diplômes, issus des meilleures écoles de police, en France, aux États-Unis, au Qatar. Un drapeau guinéen flottait sur sa hampe, suspendu au mur par deux clous.

Le commissaire, qui, à l'ambassade de France, prenait devant son homologue Dupertuis des airs humbles et timides, se montrait ici en majesté. Il fit asseoir Jocelyne sur un canapé en cuir havane. Visiblement, il ne savait pas trop à quoi s'en tenir à propos d'Aurel. Il s'était attendu à ce qu'il se retire après avoir conduit sa compatriote à bon port. Mais quand il le vit s'asseoir confortablement dans un des fauteuils qui entouraient la table basse, il n'osa trop rien dire.

— Vous n'avez pas changé d'avis, madame ? Vous tenez toujours à vous trouver face à face avec la femme qui, nous en sommes maintenant convaincus, a contribué à assassiner votre frère ?

— Plus que jamais, commissaire.

— En ce cas…

Bâ se leva et alla jusqu'à son bureau. Il appuya sur une touche du téléphone et donna un ordre. Puis il revint s'asseoir.

— J'espère qu'elle ne va pas trop mal se conduire avec vous. Vous comprenez, c'est une personne de mauvaise vie, et même si M. Mayères…

Il ne trouva pas les mots pour en dire plus sans être outrageant. Tous se turent un bon moment, écoutant malgré eux la sarabande des climatiseurs. Enfin, on frappa. Le commissaire donna l'ordre d'entrer.

Deux policiers de petite taille encadraient une grande fille qui avançait de mauvaise grâce. Elle était vêtue d'un boubou mal enfilé qui découvrait ses épaules et la naissance de ses seins. Bâ se leva précipitamment et alla rajuster le vêtement.

— Va t'asseoir, ordonna-t-il, en montrant un fauteuil de cuir resté vide, face aux autres.

Mame Fatim posa une fesse prudente sur le devant du coussin.

— Et tâche de répondre correctement.

La fille haussa les épaules. Elle tenait le regard dans le vague.

— Madame est la sœur de Jacques Mayères, annonça Bâ, en désignant Jocelyne.

À ces mots, le regard de la fille s'éclaira. Elle fixa longuement la Française, comme pour déceler dans son visage des traits connus.

Il y eut à ce moment-là un petit incident. Mame Fatim se précipita en avant et tomba à genoux aux pieds de Jocelyne. Elle voulut lui saisir la main mais ses poignets étaient entravés par des menottes. Quand elle en prit conscience, elle les agita en tous sens avec rage. Bâ et les deux policiers s'étaient jetés sur elle.

— Je ne l'ai pas tué, madame ! Je n'y suis pour rien !

Mame Fatim hurlait tandis qu'on la traînait en arrière.

Quand elle fut ceinturée et plaquée contre le dossier de son fauteuil, la poitrine agitée de sanglots, ce fut Jocelyne qui s'avança vers elle et lui prit les mains.

— Je vous crois. Racontez-moi.

Bâ commençait à regretter d'avoir accepté cette confrontation. Ces toubabs étaient décidément de grands naïfs et voilà que cette fille de rien allait leur faire gober n'importe quoi. Il se tenait sur ses gardes.

— Il y a longtemps que vous connaissiez Jacques ?

— Bientôt deux mois.

Jocelyne scrutait le visage de Mame Fatim. Elle détaillait ses joues trop pleines, ses lèvres sensuelles, son nez fin et le cuivre mat de sa peau qui semblait si douce.

Elle se demandait ce que Jacques avait aimé de tout cela. Elle ne parvenait pas à admettre qu'il la considérait seulement comme une chair à prendre, à vendre, à soumettre. C'était un homme trop sensible.

— Je n'avais aucune raison de lui faire du mal, murmura Mame Fatim, comme en écho à ces pensées. Il a toujours été gentil avec moi.

Elle recommença à pleurer et Jocelyne, un genou appuyé sur le coussin du fauteuil, se mit à lui caresser les cheveux. Bâ échangea un regard accablé avec ses hommes.

Aurel assistait à la scène en convoquant tous ses sens. Il était ému par la réaction de Jocelyne. Mais il faisait surtout un immense effort de concentration pour observer chaque expression de Mame Fatim, afin d'y déceler le moindre signe d'hypocrisie ou de duplicité.

Soudain, la jeune fille se redressa, saisit à deux mains le bras de Jocelyne et braqua sur elle ses yeux embués de larmes.

— Je vous jure, madame, que je ne l'ai pas tué.

— Je sais que tu étais partie avec ton copain, cette nuit-là. Quand es-tu rentrée ?

— Ah, vous savez cela. Eh bien, oui, j'avais été faire un tour en ville avec Lamine, avoua tranquillement Mame Fatim, au grand étonnement de Bâ et de ses hommes.

Elle ne leur avait pas raconté cette escapade.

— Tu le faisais souvent ?

— Plusieurs fois par semaine.

— Ça dépendait si Lamine était libre, je suppose ?

Le commissaire était de plus en plus surpris de découvrir tout ce que savait Jocelyne.

— Oui, fit Mame Fatim, en reniflant.

— Jacques le savait ?

— Au début, c'est vrai, je ne lui avais rien dit. Mais il s'en est bien rendu compte.

— Il l'acceptait ?

— Jacques, voyez-vous, c'était un homme bon. Il ne voulait pas vivre seul et il était content d'héberger quelqu'un sur son bateau. Il voulait rendre service.

Elle essuya ses larmes et se redressa.

— Il avait des projets pour moi, dit-elle avec un élan de fierté touchant. Il voulait que je fasse des études. Le soir, il me donnait des cours d'anglais, de maths. Je ne comprenais pas toujours grand-chose mais il était patient.

Elle fut secouée d'un bref spasme de rire nerveux.

— Je crois qu'il me considérait un peu comme sa fille.

— Il paraît que tu mettais des somnifères dans son verre pour pouvoir sortir...

— C'est Seydou qui vous aura dit ça. Je lui avais raconté cette histoire parce qu'il me voyait partir avec Lamine : il fallait bien lui fournir une explication. Si j'avais dit que Jacques était au courant, il ne l'aurait pas compris. Il l'aurait méprisé. Vous ne connaissez pas le code de l'honneur des Peuls...

— Tu ne lui donnais pas de somnifères ? Il y en avait dans sa cabine, pourtant.

— Très rarement. Il avait eu une petite alerte cardiaque. Le soir, je lui préparais ses médicaments pour la tension. Il les prenait et allait se coucher en me souhaitant bonne nuit. C'est vrai, parfois, quand je sentais qu'il était tendu, je lui mettais aussi un somnifère. Il savait que je partais mais tout de même, c'était plus facile s'il dormait.

— Le soir de sa mort, tu lui en as donné ?

— Ce jour-là, je ne sais pas pourquoi, il avait été nerveux toute la journée. Je ne l'avais jamais vu comme ça. Une vraie panique. Il essayait de téléphoner à quelqu'un et apparemment, ça ne répondait pas. Il faisait des allers-retours sans arrêt entre le pont et son bureau à l'avant.

— Tu sais ce qu'il y faisait ?

— Non. Je n'y entrais pas.

— Donc, avant de partir, tu lui as donné quelque chose pour l'endormir.

— Je vous dis, il était tendu. Déjà, la nuit d'avant, il n'avait pas fermé l'œil. Il était resté enfermé dans son bureau. À vrai dire, il me faisait un peu peur. Je craignais qu'au dernier moment il ait une réaction… vous comprenez ? Enfin qu'il ne me laisse pas partir. Lamine m'attendait et s'il ne me voyait pas arriver, il était capable de venir me chercher. Qu'est-ce que ça aurait pu donner ? En fait, je voulais protéger Jacques. Alors je ne lui ai rien dit mais j'ai mis quelque chose dans son verre.

Bâ était de plus en plus stupéfait. Mame Fatim avait répondu à toutes ses questions sans se dérober mais il se rendait compte qu'il n'avait pas posé les bonnes.

— Pourquoi as-tu volé son argent, si tu le respectais tant que cela ? intervint le commissaire.

Car Mame Fatim, si elle récusait tout rôle dans le meurtre, avait avoué que Lamine avait forcé le coffre avec son aide. Elle haussa les épaules et préféra s'adresser à Jocelyne.

— Si vous saviez, madame… Depuis que je connaissais Jacques, Lamine n'arrêtait pas de me dire de lui donner la combinaison du coffre. Lamine, c'est un voyou. Et il est têtu. Quand il veut quelque chose, il ne lâche pas. On s'est beaucoup disputés. Il m'a même frappée. Pour

169

lui, Jacques, c'était un toubab comme les autres, un tas d'or, c'est tout. Moi, j'essayais de lui faire comprendre...

— Et finalement tu as cédé et vous l'avez tué, dit le commissaire.

— Non !

Mame Fatim s'était tournée brusquement vers lui et avait crié. Les deux policiers derrière elle se précipitaient déjà pour la ceinturer.

— Laissez-la s'expliquer, dit Jocelyne. Donc, la nuit en question, tu es sortie. Ensuite ?

— Ensuite, Lamine m'a ramenée vers cinq heures du matin. On s'est approchés du bateau. Il n'y avait pas de lune. La nuit était très noire. On n'a aperçu le corps qu'au tout dernier moment. J'ai failli crier mais Lamine m'a mis une main sur la bouche.

— Vous avez compris tout de suite que c'était Jacques ?

— Non. Lamine a fait une manœuvre pour se coller à la coque. Il a posé une des deux rames dans notre barque et il s'est servi de l'autre pour avancer doucement. On est restés un bon moment à retenir notre respiration et à regarder en l'air pour comprendre.

— Il n'y avait plus personne sur le bateau ?

— C'est ce qu'on voulait savoir. Mais, non, on n'entendait aucun bruit. Et quand nos yeux se sont habitués, on a bien vu que c'était Jacques, suspendu là-haut, et qu'il était mort.

— Pourquoi tu ne nous as pas raconté tout ça ? intervint le commissaire.

Et, se tournant vers Jocelyne :

— Elle nous a dit que Lamine avait débarqué et l'avait forcée à donner la combinaison du coffre, puis qu'il était reparti en la ligotant, sans réveiller Mayères.

Mame Fatim se rebiffa, comme un chat qui sent une menace.

— Vous ne saviez pas que je sortais la nuit avec Lamine, crachota-t-elle, je n'allais pas vous le dire.

Il était clair que sous les coups elle en avait avoué le moins possible, pour atténuer son propre rôle dans l'affaire. Et les policiers s'en étaient contentés. Leur conviction, de toute manière, était arrêtée. Ils ne portaient guère de crédit au témoignage d'une fille.

— Continue, fit doucement Jocelyne.

— Quand on a compris que Jacques était mort et que les assassins n'étaient plus là, Lamine m'a dit : « Tu vois, il y en a qui ont été moins bêtes que nous. » Il était sûr qu'on avait tué le toubab pour le voler.

— Et toi, qu'est-ce que tu as pensé ?

— Moi, j'ai pris peur. Je me suis dit qu'on allait m'accuser. J'ai proposé à Lamine de nous enfuir.

— Il a refusé ?

— Il m'a dit : « Attends. On va quand même

171

en avoir le cœur net. » On est montés à bord et on est allés jusqu'à la cabine où est le coffre. C'est là qu'on a découvert qu'il était intact.

— Alors, vous l'avez ouvert, demanda doucement Jocelyne.

— Comment je pouvais refuser ? Jacques était mort. Lamine était là, devant le coffre.

— Vous aviez la combinaison ?

— C'était un coffre assez simple, d'après Lamine. Il s'ouvrait avec une clef et je savais où Jacques la mettait.

— Et qu'est-ce que vous avez trouvé dedans ?

— Je ne sais pas exactement. Lamine m'avait envoyée sur le pont pour faire le guet. Quand il est ressorti, il avait l'air assez mécontent. Il m'a dit : « T'es sûre qu'il n'y en a pas un autre ? »

— Qu'est-ce qu'il s'attendait à trouver ?

— On avait souvent parlé de Jacques. Lamine me posait des questions. La vente de sa société, est-ce qu'il avait des titres à la banque, combien il avait pu emporter… tout ça. Il était arrivé à la conclusion qu'il devait avoir pris sa fortune avec lui.

— Et en fait ? demanda le commissaire.

— Lamine a mis tout ce qui l'intéressait dans un sac en plastique. Ça ne faisait pas un très gros paquet.

— En billets de 500 euros, ça peut vite chiffrer, dit Bâ avec un sourire méprisant.

— Il y avait aussi un pistolet et deux boîtes de

munitions. Lamine les a glissés dans les poches de son jean.

— Pourquoi ne t'es-tu pas enfuie avec lui ? demanda Jocelyne.

— Je voulais. Je crevais de peur. Mais Lamine m'a dit qu'on ne s'en tirerait pas à deux. Je crois qu'il avait surtout envie de s'en sortir tout seul.

— Tu as accepté ?

— Il ne m'a pas donné le choix. Il m'a poussée vers la cabine et il m'a giflée. J'étais complètement sonnée. Il m'a attachée sur le lit et il m'a dit de raconter que j'avais été violée. J'ai commencé à gueuler. Il est revenu de la cuisine avec un rouleau de scotch et il m'en a collé un morceau sur la bouche. Voilà.

Mame Fatim avait terminé de livrer son témoignage et un grand silence avait envahi la pièce.

Jocelyne ne quittait pas la fille des yeux. Elle eut vers elle un geste de tendresse et lui caressa le menton. Le commissaire ne pouvait tolérer une telle crédulité.

— Ne tenez pas trop compte des histoires que vous raconte cette fille, madame. Elle veut couvrir son copain et sauver sa peau. Nous avons toutes les raisons de penser qu'il n'y a pas deux groupes de coupables dans cette affaire. Le crime et le vol sont le fait des mêmes personnes.

Il continua d'exposer ses arguments mais personne ne l'écoutait plus. Les deux femmes se regardaient en silence et Aurel, penché en avant, restait concentré sur le visage de la jeune fille.

*

— Qu'en pensez-vous ?

Aurel avait enfin obtenu son verre de blanc. Et il s'offrait même le luxe de fumer car Jocelyne avait remarqué qu'il tripotait son fume-cigarette sans oser le sortir de sa poche. Ils étaient attablés dans la cour d'un petit restaurant tenu par une Française. Fascinée par le Maroc, la propriétaire avait tendu de larges toiles triangulaires au-dessus des tables, enduit les murs d'ocre rouge et accroché un peu partout des miroirs berbères. Le lieu était un refuge de calme et de relative fraîcheur au cœur de la vieille ville. En ce début d'après-midi, les clients étaient tous repartis. Jocelyne et Aurel, assis dans un coin près d'une fontaine murale qui glougloutait, pouvaient parler tranquillement sans crainte d'être entendus.

— Je pense qu'elle dit la vérité. Pendant que vous échangiez toutes les deux, je ne l'ai pas quittée des yeux. La vie m'a appris à évaluer la sincérité des gens. À certaines périodes de mon existence, c'était une question de vie ou de mort pour moi. Eh bien, cette fille-là, je lui fais confiance.

— Moi aussi.

Ils restèrent un long moment à faire tourner

pensivement leur vin blanc. Sur la paroi des grands verres perlait une vapeur fraîche.

— Aurel, dites-moi une chose…

— Oui ?

— Qu'est-ce qui vous pousse à mener cette enquête, tout seul ?

— Je ne suis pas tout seul. Nous sommes ensemble.

Cette phrase était sortie trop vite. Il rougit, de crainte qu'elle fût mal interprétée. Sa passion pour Jocelyne était faite d'admiration, de reconnaissance, de respect. Elle était à ses yeux comme la Dame d'un chevalier. Il aurait été fort embarrassé qu'elle pense autre chose.

Il reprit, en parlant très vite :

— Quand je suis arrivé en France, je rêvais de devenir policier. C'est idiot, me direz-vous. Peut-être, mais il faut comprendre que là-bas, en Roumanie communiste, les seuls films qui venaient d'Occident étaient des histoires d'aventuriers ou de flics. On était nourris à Belmondo et Delon. Pour devenir un aventurier à la façon de *L'Homme de Rio*, il me semblait que je n'avais pas mes chances.

— Pourquoi ?

— Vous êtes trop aimable, Jocelyne. Mais ne me faites pas croire que vous n'avez pas remarqué.

— Remarqué quoi ?

— Que je n'ai pas le physique de Belmondo.

— Vous vous sentez plus proche d'Alain Delon ?

Ils rirent, même si, dans son for intérieur, Aurel se sentait un peu vexé par cette question.

— Pour les policiers, ce qui compte, n'est-ce pas, c'est autre chose : la logique, l'habileté à juger les personnes, à pénétrer dans des milieux variés.

— Et pourquoi ne l'avez-vous pas fait, finalement ?

Aurel termina son verre et fit signe de loin au serveur d'en rapporter deux autres.

— Quand je suis arrivé en France, ma famille, qui avait payé pour me faire sortir de Roumanie, n'avait pas les moyens de m'entretenir. J'ai dû gagner ma vie tout de suite. J'ai essayé les leçons de piano mais je ne pouvais pas en tirer beaucoup. Et je n'ai pas une formation classique très poussée. Alors, je me suis mis à jouer dans des bars.

— Des bars ?

Aurel avait perçu l'expression de Jocelyne : il vit qu'elle avait décelé son petit mensonge.

— Enfin, des bars, vous me comprenez. Des établissements de nuit avec des filles, du champagne et des clients qui ne viennent pas vraiment pour écouter de la musique.

— Je vois.

— Alors, quand je me suis présenté un jour dans un commissariat pour dire que je voulais

176

travailler dans la police, il n'a pas fallu un long interrogatoire pour que le type qui m'avait reçu comprenne à qui il avait affaire. Un réfugié roumain qui joue la nuit dans des...

— ... bordels.

Aurel était sincèrement désolé d'avoir fait déchoir Jocelyne, sa Dame, jusqu'à de telles trivialités.

— Bref. Ce n'est pas une conversation pour une femme comme vous.

Jocelyne sourit en regardant ce petit personnage se troubler et se tortiller sur sa chaise en cherchant un autre sujet. Elle décida de le taquiner.

— Si je vous comprends bien, on ne peut pas être flic quand on est pianiste de bastringue ; en revanche on peut devenir consul de France.

Aurel était au comble de la gêne, ce qui se manifestait chez lui par un rictus et de petits sauts nerveux sur sa chaise.

— Je vous fais perdre votre temps avec l'histoire de ma vie.

— Pas du tout. Elle m'intéresse.

— Vraiment ?

Aurel prit un peu de courage en lapant le fond de son verre de blanc. Le serveur, qui observait la scène de loin, en rapporta un autre de son propre chef.

— C'est assez simple, en fait. Tout a commencé... le soir où... comment vous dire ?

177

— Allez-y.

— Le jour… où j'ai fermé le piano.

Il avait dit cela avec un tel air de gravité que Jocelyne ne put s'empêcher d'éclater de rire.

— Vous voyez, ce n'est pas très sérieux, dit Aurel avec une moue vexée.

— Non, excusez-moi. C'est votre manière de dire ça. Vous avez fermé le piano, disiez-vous ?

— Oui, dans un bar de nuit. Il était trois heures du matin et je jouais un morceau de Duke Ellington. Je m'en souviens comme si c'était hier. Trois types buvaient et fumaient autour du piano. Il y avait une fille aussi, qui passait de l'un à l'autre. Moi, j'avais ordre de jouer sans m'arrêter, comme si je ne remarquais rien. C'est ce que j'ai fait mais, tout d'un coup, un des types a eu un haut-le-cœur et il a vomi. C'est affreux, mon histoire, pardon.

— Continuez. Je ne vois pas encore le rapport avec la diplomatie.

— Bien sûr, dit Aurel en se forçant à sourire. Je commence là parce que c'est important pour la suite…

— Je vois.

Aurel avait envie de hausser les épaules. Évidemment, elle ne comprenait pas. Elle ne pouvait pas comprendre. Personne ne pouvait comprendre. Il eut soudain envie d'abréger cette histoire.

— Ce n'était rien, évidemment. Pourtant, ça

a été le début de tout. Je me suis arrêté de jouer et je n'ai pas bougé. Tout le monde m'a regardé dans le bar. J'étais immobile et… je pleurais.

— Vous pleuriez ?

— Je ne sais pas ce qui s'est passé dans ma tête. J'étais complètement découragé. Jusque-là, j'avais tout subi sans perdre espoir, le communisme, la prison, l'exil, la pauvreté, ces petits boulots ; j'avais perdu de vue ma famille, mon pays d'origine, si affreux qu'il ait pu être, et pour quoi finalement ? Pour en arriver là. Dans ce cloaque. Vous comprenez ça, Jocelyne ?

La fatigue, l'émotion et le vin blanc avaient eu raison de sa cautèle : il avait appelé Jocelyne par son prénom et, sans l'intervention du serveur qui apportait des plats à cet instant, il aurait peut-être même attrapé sa main pour y plonger le nez et sangloter.

— Bref, conclut-il en se ressaisissant, j'ai décidé de changer de vie. J'ai fermé le piano, je me suis levé et je suis parti. Je ne suis plus jamais retourné ni dans ce bar ni dans aucun autre. J'ai recommencé les leçons de piano à domicile, bien décidé à crever de faim s'il le fallait, mais en sauvant mon honneur.

— Quel âge aviez-vous ?

— Vingt-sept ans.

— Et… la diplomatie ?

— Oh, j'ai simplement eu la chance de répondre à une petite annonce et d'entrer dans une famille merveilleuse. J'ai donné des cours à une jeune fille. À vrai dire, ce n'était plus tout à fait ce que l'on appelle une jeune fille. Elle était plus âgée que moi, presque la quarantaine, mais pure, intelligente, sensible.

— Belle ?

— Pour moi, oui. Les autres vous auraient peut-être dit qu'elle était un peu trop lourde et il est vrai qu'elle faisait peu d'efforts pour s'habiller. Il y avait aussi ces verrues sur le menton et sur le nez qu'elle aurait dû se faire enlever. Mais elle ne tenait pas compte de ces choses. Ni moi non plus.

— Vous l'avez demandée en mariage ?

— Moi ? Je n'aurais pas osé. Elle était si haut à mes yeux, si inaccessible…

— Alors ?

— Alors, un jour, le père m'a retenu après la leçon et m'a parlé. Il m'a demandé si je pouvais imaginer… d'épouser sa fille. Je me suis troublé.

— Vous n'aviez pas de copine à l'époque ?

— Aucune, se récria Aurel.

— Et en Roumanie ?

— Oh, là-bas, j'avais fait quelques mauvaises expériences. Vous savez, pour moi, les femmes sont des êtres surnaturels, infiniment précieux. J'avais le modèle de ma mère et de ma grand-mère : elles étaient le moteur de tout. La famille reposait sur elles et je pensais que le monde entier était ainsi, qu'il tournait autour de ces atomes de grâce et de bonté que sont les femmes.

— Vous le pensez toujours ?

— Hélas, j'ai compris que le monde n'était pas ainsi. Je sais que les femmes exceptionnelles sont rares. Mais je continue de les chercher et il s'en trouve.

À ces mots, craignant que Jocelyne n'y vît de nouveau une allusion trop appuyée, il se troubla et reprit sans attendre d'une voix éraillée.

— Mon futur beau-père était diplomate. Il venait de prendre sa retraite mais il disposait encore de beaucoup de relations au ministère des Affaires étrangères. Il m'a dit qu'une fois que je serais marié avec sa fille, il se faisait fort d'obtenir rapidement pour moi la nationalité française. Ensuite, il fallait que je passe un petit concours qui serait une formalité. Moins de trois ans plus tard, j'obtenais mon premier poste dans un consulat.

— Et… votre femme ?

— Elle est en France, dit Aurel d'un air maussade.

— Elle ne vous suit pas dans vos affectations ?

Aurel prit une bouchée, la mâcha avec dignité et s'essuya la bouche.

— Ce serait long à expliquer. Disons que nous n'avons jamais eu vraiment de vie commune. Nous sommes deux personnalités bien différentes. Le mariage est venu tard pour elle.

Ses parents y tenaient mais elle souhaitait plutôt garder ses habitudes de solitaire. Et les postes où l'on m'a envoyé ne l'attiraient guère. Le premier était dans le Sahara nigérien, à Zinder exactement. Je ne sais pas si vous connaissez ?

— Non.

— Eh bien, permettez-moi de vous dispenser d'y mettre les pieds. Du sable, de la poussière, une chaleur écrasante, et maintenant des terroristes…

— Vous avez divorcé ?

— Oui.

Aurel soupira. Ils restèrent un long moment à manger en silence leur thiof en retirant les arêtes. Jocelyne jugea qu'il était inhumain de prolonger sur ce sujet et elle reprit la conversation par un autre bout.

— Où en sommes-nous, pour la mort de mon frère, avec ces dernières informations ? Si la gamine dit la vérité, il faut que quelqu'un d'autre soit passé avant. Qui cela peut-il être ?

— Votre frère avait peur, je vous l'ai dit. Il craignait un danger venu de l'extérieur. Cela pose une question : pourquoi restait-il dans un endroit où il se sentait menacé ? À moins qu'il n'ait été menacé partout, ce qui expliquerait le dispositif de surveillance permanent qu'il avait fait installer dans sa coque.

— À quoi pensez-vous ?

— Il faut réfléchir. Nous n'avons pas encore

assez d'éléments. Imaginons cependant que sa femme ait voulu récupérer la fortune dont elle s'estimait lésée et qu'elle l'ait fait poursuivre ? Voilà ce que j'appelle un danger permanent.

— C'est possible, la connaissant, dit Jocelyne pensivement.

— Mais dans ce cas-là, pourquoi les agresseurs n'auraient-ils pas touché au coffre puisqu'il s'agissait de mettre la main sur son argent ?

— C'est une question pertinente. Peut-être n'en ont-ils pas eu le temps. L'arrivée de Mame Fatim et de son copain a pu les déranger.

— Mais ils auraient quand même eu le temps de le suspendre au mât ?

— C'est le détail le plus incompréhensible.

Ils réfléchirent en silence, en ôtant quelques petites arêtes égarées entre les dents.

— Maintenant, reprit Aurel, cette marina est un lieu de trafic de stupéfiants. Supposons tout autre chose : que votre frère ait été témoin de scènes qu'il n'aurait pas dû voir. Peut-être craignait-il des représailles. On élimine vite les gêneurs dans ces milieux. Voilà ce que j'appelle un risque local.

— Dans ce cas, il aurait pu prendre la fuite ?

— Ces mafias ont des relais sur toute la côte. Il était peut-être plus en sécurité dans cette marina qu'il connaissait qu'en haute mer ou dans un port inconnu.

— Que comptez-vous faire ?

— Continuer à chercher, dit Aurel.

Il regarda sa montre.

— D'ailleurs, je dois filer au consulat. Mon adjoint a dû me rapporter quelques éléments nouveaux. Ensuite, je me rendrai au dîner de la Légion d'honneur.

— Vous m'abandonnez alors ?

Aurel rougit jusqu'aux oreilles. Jocelyne riait intérieurement. Il était si facile de le bouleverser.

VIII

Hassan avait bien travaillé. À la demande d'Aurel, il était allé au service des Affaires maritimes situé près du port. En arpentant les couloirs, il avait fini par tomber encore sur un vague cousin. Les relations de famille en Afrique forment un tissu invisible sous le décor en trompe-l'œil des institutions officielles. Un directeur d'administration et un coursier peuvent être très proches en raison de leur parenté et se rendre des services que leur position hiérarchique visible ne permettrait pas de soupçonner. À l'inverse, deux dignitaires en apparence égaux peuvent se révéler séparés par des antagonismes ancestraux, l'un persistant à considérer l'autre comme un ancien vassal, voire un descendant d'esclaves. Hassan, pour modeste que fût sa fonction à l'ambassade, appartenait à une noble famille peule dont les membres restaient solidaires. Le cousin qui travaillait aux Affaires maritimes fut étonné et heureux de rencontrer son parent qui arpentait les couloirs.

Les consignes qu'Aurel avait données à son collaborateur étaient d'en savoir le plus possible sur les mouvements de bateaux dans la marina depuis l'arrivée de Mayères six mois plus tôt. Interrogé, le cousin révéla à Hassan que les renseignements fournis par les ports de Guinée étaient colligés sur un fichier informatique depuis 2008. Tous les bâtiments enregistrés dans le pays étaient notés, avec leur provenance, leur destination, leurs dates d'entrée et de sortie. Les voiliers de la marina faisaient l'objet d'un classement à part, au sein du même fichier d'ensemble. Ces informations n'avaient rien de particulièrement sensible. Le cousin ne fit aucune difficulté pour en imprimer une copie et la remettre à Hassan. Celui-ci fut tout heureux de la rapporter au bureau.

Le passage d'Aurel au consulat se révéla fructueux à un autre titre. Outre la précieuse liste remise par Hassan, il obtint des renseignements intéressants auprès du commissaire. L'analyse des projectiles avait en effet montré que la balle tirée sur le policier par Lamine et celle qui avait tué Mayères étaient différentes. La deuxième était une munition de 9 mm classique tandis que celle utilisée par le voyou semblait appartenir à un type d'arme assez ancien et assez rare. Par exemple un pistolet de l'armée française, du type de ceux qu'on utilisait en Algérie.

Aux yeux d'Aurel, cette information confirmait

la version donnée par Mame Fatim. Lamine avait dû trouver cette arme dans le coffre de Mayères, avec quelques cartouches. Il n'aurait eu aucune raison de s'en emparer s'il avait disposé, comme l'assassin du marin, d'un 9 mm moderne et maniable.

En ce qui concernait l'autopsie, elle révélait que Mayères avait en effet absorbé des somnifères puissants ce soir-là mais à dose normale. L'heure de la mort était difficile à estimer avec précision et elle n'apportait aucune information décisive.

Aurel rassembla ces renseignements sans avoir l'air d'y toucher, au gré d'une conversation à bâtons rompus avec le commissaire. Le policier était d'excellente humeur. Il avait reçu des nouvelles de France, où son fils suivait des études. Il avait réussi ses examens et avait annoncé à son père qu'il souhaitait lui aussi entrer dans la police.

— Tu comprends, Aurel, j'ai toujours pensé qu'il me ressemblait beaucoup.

Avec une telle recrue, la pègre n'avait plus qu'à bien se tenir.

— Nous nous verrons à la cérémonie de l'association du Mérite tout à l'heure ? demanda Aurel avec une nuance de respect dans la voix.

Dupertuis était fier d'avoir le grade d'officier de la Légion d'honneur. Cela le situait bien au-dessus des autres membres qui s'étaient épuisés à obtenir l'Ordre du Mérite ou, au mieux, le ruban rouge de chevalier de la Légion d'honneur.

— Marcelly me rase, avec son association. Et puis, si j'y vais, ils vont tous me sauter dessus pour savoir où en est l'enquête. Je préfère rester travailler. Tu y passeras, toi ?

La question du commissaire s'accompagnait d'une pointe d'indignation. Il ne croyait pas se souvenir qu'Aurel eût été distingué par l'une de ces décorations. Et, quelle que soit l'amitié qu'il avait pour lui, il ne pouvait s'empêcher de juger qu'il n'en était pas digne.

— Marcelly m'a demandé personnellement de représenter le consulat. Je ne peux pas faire autrement que de m'y montrer. Mais je n'y resterai pas longtemps.

— En ce cas, tu me raconteras. Amuse-toi bien avec ces badernes !

Aurel se sauva en gloussant. Il quitta la pièce presque à reculons. Dupertuis adorait le voir s'humilier ainsi.

*

Le bâtiment colonial que l'on appelait l'Ancien Cercle était construit avec le sens du confort et de la majesté que cultivaient les militaires de la fin du XIXe siècle. À l'époque de son édification, il devait être entouré de terrains vagues et de quelques cases ; son élégante colonnade avait pour ambition, en surplombant ces misères, de symboliser l'autorité de la France et les profits qu'elle promettait d'apporter à ces terres primitives.

Malheureusement pour ses concepteurs, on n'était plus au temps des Romains et le monument vieillissait mal. Les colonnes étaient recouvertes de ciment fissuré, de peintures écaillées et de stuc qui se détachaient par plaques. Le bâtiment avait beaucoup perdu en majesté. Il servait de salle de banquet pour diverses associations. Elles s'y réunissaient après la tombée de la nuit et, à la faible lumière des lampes électriques, le décor reprenait un peu de solennité. Les plus nostalgiques de la période coloniale pouvaient continuer d'y respirer un parfum de gloire.

Quand Aurel fit son entrée, l'apéritif battait son plein. Coopérants militaires, vieux Blancs restés sur place après la décolonisation, retraités fuyant le fisc et couples mixtes se mêlaient, debout sur la terrasse, en tenant à la main des flûtes emplies de mousseux rosé. La ville s'était construite tout autour du Cercle, réduisant peu à peu son terrain. Jadis, de la terrasse, on dominait la mer et on pouvait imaginer, par-delà l'horizon, les côtes de France. Désormais, la vue était barrée à moins de cinq mètres par un mur qui, hélas, ne retenait pas les odeurs de friture venues de la ruelle.

Aurel ne connaissait pas grand monde dans l'assistance. Si plusieurs personnes l'avaient regardé quand il était entré, c'était surtout parce que la couronne de cheveux bouclés qui entourait son crâne dégarni était en pétard après ces nuits sans sommeil et lui donnait l'air d'un fou. Il s'en rendit compte en passant devant une glace et s'efforça de se peigner avec les doigts. Il échangea ensuite quelques mots avec une des rares personnes qu'il eût identifiées. C'était un médecin militaire à la retraite nommé Poubeau. Pourquoi s'était-il fixé en Guinée ? Nul ne le savait et Aurel était le dernier à avoir envie de l'apprendre. Il avait eu affaire à lui à cause d'un ongle incarné qu'il avait fallu inciser. Le docteur Poubeau n'exerçait plus mais il avait conservé tout son matériel ; il lui arrivait de rendre des services aux membres de la communauté française qui ne voulaient pas avoir recours aux hôpitaux guinéens.

Aurel avait espéré, en arrivant en retard, échapper aux discours. Malheureusement, à l'instant où il entrait, Marcelly demandait le silence et s'emparait d'un micro mal réglé, préparé dans un coin de la terrasse.

Pendant un long quart d'heure, il se livra, avec des formules fleuries qu'il écorchait, à une évocation lyrique et patriotique de Mayères. Il n'y avait pas grand-chose à tirer de son laïus, si ce n'est que Mayères s'était approché du

Cercle dès son arrivée, qu'il y était très assidu et qu'il avait gratifié ses membres d'une brillante conférence consacrée à « la réalité militaire de la guerre d'Algérie ». Marcelly en avait retenu que Mayères défendait la thèse chère aux pieds-noirs : une guerre perdue par la trahison des intellectuels et la félonie de De Gaulle. Il affirmait que l'armée, bien soutenue et disposant de suffisamment de temps, aurait fini par mater la rébellion et permis de conserver l'Algérie dans le cadre français.

Pour la plupart des personnes présentes ce soir-là, cette opinion rejoignait des convictions politiques bien ancrées. Elles affichaient des sourires approbateurs. Aurel se dit qu'il y avait probablement là un malentendu. Mayères, en défendant l'armée française en Algérie, rendait hommage à l'héroïsme inutile de son frère. Il n'était pas pour autant convaincu par la néces-sité de cette guerre. Certes, il soutenait l'idée que la victoire était possible, cependant pensait-il vraiment qu'elle fût souhaitable ? Comment lui, ce patron de gauche, aurait-il été en accord avec les nostalgiques des colonies et de l'Algérie française ? Il est vrai qu'il y a des contradictions idéologiques dans certains esprits et que l'être humain est fait d'ambiguïtés. La question, néan-moins, se posait.

Perdant peu à peu le fil du discours, Aurel se mit à observer l'assistance. Il imaginait

Mayères au milieu de ces gens et ne parvenait pas à se défaire d'un certain malaise. Peut-être se trompait-il sur le personnage mais il avait décelé en lui une sincérité, un désintéressement, une folie, en somme, qui ne cadraient pas avec la componction bourgeoise de ces notables. Qu'était-il venu chercher parmi eux ?

Le discours de Marcelly prit fin et l'assistance amorça une retraite vers l'intérieur du Cercle, où était dressé un buffet. Aurel accrocha un serveur qu'il connaissait et tenta de négocier un verre de blanc plutôt que du mousseux. Il attendit sur la terrasse qu'il le lui apportât.

Seuls quelques fumeurs traînaient encore à l'extérieur. L'un d'eux, appuyé à une colonne, reconnut le Consul et lui fit signe. Aurel s'en approcha. C'était un fonctionnaire qui dirigeait le service des douanes de l'ambassade. Il avait sous ses ordres une petite cellule composée de deux Français et d'un stagiaire guinéen. Le consulat avait parfois affaire à lui pour des questions d'importation de matériel. Mais on savait qu'il s'occupait surtout du trafic des stupéfiants.

— Bien triste, vous ne trouvez pas ? dit l'homme.

Il était assez petit, ses cheveux restaient drus et noirs quoiqu'il eût certainement dépassé la soixantaine. Ses yeux gris étaient en embuscade au fond d'orbites sombres. Il avait les lèvres pincées de ceux qui mènent en silence de longs efforts, peut-être de longues traques. Aurel ne parvenait pas à se souvenir de son nom.

— Oui, répondit-il, vous le connaissiez bien, ce Mayères ?

— Pas mal.

— Vous faites partie du Cercle ?

— J'y viens régulièrement, comme ça. Il n'y a pas tellement de distractions par ici.

Aurel n'aurait pas spontanément choisi le mot « distractions » pour qualifier les activités du Cercle mais, après tout, à chacun ses goûts.

— Vous qui êtes un peu de la police, dit mielleusement Aurel, vous avez une idée sur qui a pu faire le coup ?

Le douanier aspira une longue bouffée de sa cigarette et réfléchit.

— Non, je n'en sais rien, et d'ailleurs je ne suis pas dans la police. Mais il se dit qu'il avait beaucoup de fric avec lui. Ce n'est vraiment pas prudent dans un endroit comme la marina.

Au moment où il prononçait cette phrase, Aurel eut une illumination : « Cortegiani ». C'était le nom qu'il cherchait. Le douanier s'appelait Cortegiani.

— C'est vrai que vous devez en savoir un bout sur ce qui se passe dans cette marina. Il paraît que c'est une plaque tournante pour le trafic de drogue.

Cortegiani écrasa son mégot par terre. Aurel craignit que son interlocuteur ne s'échappât à son tour vers le buffet. Mais il ralluma aussitôt une autre cigarette et il était interdit de fumer à l'intérieur (une contrainte rare encore dans le pays et qui donnait aux membres du Cercle le sentiment d'être un peu en France). Deux fauteuils en osier blanc étaient libres au bout de la terrasse.

— On prend un autre verre ici ? proposa le douanier, en hélant le serveur.

Quand Aurel lui avait parlé de la marina, il lui avait jeté un regard soupçonneux. Mais c'était une sorte de tic professionnel. Aurel avait le sentiment que, derrière ces airs farouches, il y avait un homme solitaire qui devait avoir envie de parler.

— C'est vrai, prononça Cortegiani.

Le douanier appartenait à la catégorie des interlocuteurs à digestion lente : il répondait sans aucune transition à la question qu'Aurel lui avait posée à propos de la marina avant qu'ils n'aillent s'installer au bout de la terrasse.

— C'est curieux, dit le Consul pour l'engager à en dire un peu plus. On n'entend pas souvent parler de saisie de drogue, par ici.

Le douanier tira une longue bouffée de sa cigarette et Aurel attendit en vain que la fumée ressorte.

— Les Guinéens ont le cul entre deux chaises, dit-il enfin.

— Oui ?

Le serveur avait apporté deux nouveaux verres. Le douanier se désaltéra avant de poursuivre son propos.

— Ils nous laissent travailler à condition qu'on n'arrête pas les gens chez eux. Comme ça, ils ont le beurre et l'argent du beurre.

— Qu'est-ce que vous entendez par « travailler » ?

Nouveau regard noir de Cortegiani et Aurel eut peur d'avoir été trop direct. Le douanier prit le temps de tirer sur sa cigarette.

— Les douanes font tout, annonça-t-il fièrement.

Il tenait sa cigarette entre le pouce et l'index et la regardait comme il l'aurait fait d'une bête nuisible qu'il aurait fini par attraper.

— La police, les services secrets, la gendarmerie… Ils vous diront tous qu'ils s'occupent de lutter contre le trafic de drogue. C'est faux.

Les deux doigts avaient fini d'étrangler le filtre de la cigarette. Il le porta à sa bouche pour en sucer le dernier sang.

— C'est les douanes, ajouta-t-il comme s'il entendait signer son crime.

Aurel pensait qu'il avait oublié sa question et il allait la poser de nouveau quand son interlocuteur le fit sursauter.

— Vous voulez savoir ce que c'est que travailler ? Eh bien, beaucoup de choses, figurez-vous. Beaucoup. Je ne sais pas ce qu'il en est du consulat mais mon service est très occupé. Jour et nuit. Il n'y a pas de week-ends ni de vacances pour nous. Les moments de détente comme celui-ci sont rares. Très rares.

Pour Aurel, cette laborieuse conversation était tout sauf un moment de détente... Mais il comprenait que Cortegiani devait avoir peu d'occasions de discuter librement, et surtout de se mettre en valeur. Avec Aurel, il avait trouvé un auditeur idéal. Suffisamment ignorant de ces sujets pour qu'il puisse l'épater et, en même temps, fonctionnaire de l'ambassade comme lui, ce qui l'exonérait de la prudence imposée d'ordinaire par le secret professionnel.

— Ne perdez pas de vue qu'on doit se battre sur tous les fronts : terrestres, aériens, maritimes. Ces salopards ne savent pas quoi inventer pour faire passer leur marchandise.

Il avait terminé son verre bien plus vite qu'Aurel, qui, pourtant, dans ce domaine, n'était pas lent. Le serveur, qui devait bien connaître le douanier, s'empressa de lui rapporter un verre, avec un bol plein d'arachides.

— Pour ne parler que de la mer, on doit collecter du renseignement sur les chargements, surveiller les mouvements de bateaux suspects. C'est ça, voyez-vous, « travailler » : observer les faits et gestes des équipages, les transferts de cargaisons, poser des balises...

Il avait dit ces derniers mots à voix presque

basse. Aussitôt le regard paranoïaque s'était braqué sur Aurel, comme s'il avait été coupable d'avoir reçu cette confidence. En même temps, on sentait qu'il y avait là l'un des secrets que Cortegiani prenait le plus grand plaisir à livrer.

— Des balises ? insista Aurel.

— Oui, de petits émetteurs que l'on colle sous la coque d'un bateau et qui permettent de le suivre par satellite. Même s'il coupe tous ses appareils. Même s'il se croit invisible…

— Comment est-ce que ça se place, une balise ? demanda Aurel, qui ouvrait les yeux ronds du parfait naïf.

— Avec des plongeurs, pardi.

— Vous avez des plongeurs, dans les douanes !

— Hé ! Hé !

Après ce ricanement, Cortegiani lança son mégot loin dans le jardin. Il prit le temps de sortir un nouveau paquet de cigarettes, déchira soigneusement le film plastique qui l'entourait et l'ouvrit. Il contempla les petits cylindres blancs alignés côte à côte, en faisant mine de choisir lequel il allait sortir. Puis, soudain, une idée lui vint et il tourna le paquet dans la direction d'Aurel.

— Vous voyez ces cigarettes côte à côte ? Je vais prendre celle dont j'ai besoin. C'est moi qui décide. Eh bien, les douanes, c'est pareil. Imaginez que vous avez là tous les services de l'État : les différentes directions de la police, les agences de renseignement, l'armée, les plongeurs de combat, les forces spéciales, la gendarmerie, l'aviation… Nous les utilisons en tant que de besoin.

Comme tous les fonctionnaires, le douanier affectionnait cette expression, mais, lui, il y trouvait plus qu'une commodité de langage. C'était le cœur même de la puissance du service qu'il dirigeait. Il fallait lui obéir « en tant que de besoin ». Il était inconcevable de mettre en question lesdits besoins. L'obscur douanier trouvait là la récompense de tous ses sacrifices. Son humilité, « en tant que de besoin », se transformait en toute-puissance.

Aurel comprit qu'une seule expression était de mise : l'admiration. Il s'était exercé très tôt, sous la botte de Ceausescu, à cet exercice et savait composer le visage qui convenait. Étonnement, approbation, soumission et terreur devaient être nettement perceptibles par l'interlocuteur, en sorte que celui-ci pût être assuré d'un complet triomphe.

Des accords de musique sortaient du bâtiment, plus forts chaque fois que les serveurs ouvraient les portes. Marcelly avait dû donner un signal et le vieux Guinéen qui tenait le buffet avait glissé un CD dans la chaîne stéréo. Lors d'une récente réunion du bureau de l'association, il avait été décidé de remplacer l'accordéon par du rock. C'était moins patriotique mais plus dansant aux yeux des « nouvelles générations », celles qui avaient eu vingt ans dans les années soixante-dix.

Cortegiani, qui n'avait pas cessé de boire ni de fumer, était maintenant tassé sur lui-même. Après la victoire qu'il avait obtenue sur Aurel, en lui faisant mesurer l'invisible mais capitale importance de sa mission, il retournait à sa rumination.

Aurel se demanda s'il pouvait encore en tirer quelque chose mais le douanier ne semblait plus entendre ses questions.

— Et Mayères dans tout cela ? Vous l'avez connu ici ou à la marina ?

Un morceau de tango avait été demandé par l'assistance et des notes de bandonéon atteignaient la terrasse, enfonçant encore plus Cortegiani dans sa mélancolie.

Soudain les portes-fenêtres s'ouvrirent en grand et la musique envahit l'extérieur du bâtiment. Les serveurs avaient débarrassé les chaises qui traînaient sous les colonnades afin de transformer la terrasse en piste de danse. Aurel et le douanier purent rester assis car ils étaient installés sur les côtés, mais il était évident que leur tranquillité avait pris fin et qu'ils devraient bientôt prendre la fuite. Aurel s'était fait à l'idée que la conversation était terminée quand le douanier, tout à coup, se tourna vers lui avec un air mauvais.

— Mayères, je l'ai connu ici, dit-il d'une voix sourde mais dans le nez d'Aurel qui put l'entendre distinctement. Ici, vous comprenez ? Rien à voir avec la marina. Vous m'avez bien entendu ?

Il tint son regard un long instant braqué sur le Consul, comme s'il avait compté sur un ring pour s'assurer que son adversaire était KO.

Puis il fourra son paquet de cigarettes dans sa poche et, en grognant un « Bonsoir » qui n'appelait pas de réponse, il disparut comme une ombre dans le jardin.

*

Aurel quitta le Cercle bien entamé. Pourtant il n'avait pas bu la moitié de ce qu'avait descendu le douanier. C'était dans ces circonstances qu'il regrettait le plus l'Europe. À Paris, il serait rentré à pied, et cela l'aurait dégrisé. La marche l'aidait aussi à réfléchir, et il avait besoin plus que jamais de mettre de l'ordre dans ses idées. L'envie était trop forte : il décida de faire tout de même quelques pas dans la rue jusqu'à trouver un taxi, même si les consignes consulaires étaient de ne jamais se promener seul après la tombée de la nuit.

Aurel n'avait pas parcouru cent mètres que des voix le ramenèrent rapidement à lui.

— Eh, le Blanc, où tu vas ?

— Donne-moi de l'argent, toubab.

— Faites attention, monsieur, c'est dangereux par ici. Je peux vous aider ?

Des ombres surgissaient des murs, le suivaient, deux gamins tiraient ses manches. La rue, dès qu'on s'éloignait du Cercle, n'était plus éclairée. Aurel allongea le pas. Curieusement, ce n'était pas à lui-même qu'il pensait mais à Mayères. Il l'imaginait seul sur son bateau dans l'obscurité de la nuit, avec tout cet argent dans son coffre. Pourquoi avait-il choisi cette vie ? Pourquoi prendre un tel risque ? Et que guettait-il précisément à travers l'étroite meurtrière de son bureau ?

Soudain, un groupe de silhouettes menaçantes se rassembla assez loin devant, dans le halo des réverbères. La bande observait Aurel qui trottait en remorquant toute sa suite de quémandeurs. À mesure qu'il avançait, il distinguait les personnages qui formaient le gang. C'étaient de jeunes Africains vêtus de tee-shirts de basket et coiffés de casquettes à longue visière. L'angoisse, tout à coup, chassa les autres pensées d'Aurel. Il crut voir briller une lame. Il s'était déjà trouvé dans une situation semblable un soir, longtemps auparavant, quand il travaillait dans les bars à Montmartre et rentrait chez lui à pied, porte de Saint-Ouen. Il avait donné tout ce qu'il avait mais, comme ses agresseurs trouvaient que c'était peu, ils lui avaient cassé deux dents. Aurel mit la main dans sa poche et tâta son portefeuille. Il se souvenait qu'il avait oublié de passer à la banque et qu'il n'avait presque plus de liquide. Machinalement, il regarda en arrière. Le Cercle était déjà loin. Des phares approchaient. Il s'arrêta, espérant voir briller le petit signal jaune qui indiquait les taxis. Mais c'était une voiture particulière. Elle allait certainement passer le plus vite possible, comme le consulat recommandait de le faire la nuit aux ressortissants étrangers. Aurel se retourna vers le groupe des loubards. Ils avançaient vers lui, en ligne, et ne lui laissaient aucune chance de s'échapper sur les côtés. Les catholiques ont un saint à implorer dans les cas désespérés. Aurel mettait toute son énergie à retrouver son nom. Cela lui évitait de penser aux dents qu'il allait perdre.

Mais tout à coup, alors qu'elle arrivait à sa hauteur, la voiture ralentit et s'arrêta. La vitre s'abaissa et une voix d'homme aboya en français :

— Montez vite.

Aurel ouvrit la portière et s'engouffra dans le véhicule. Au même instant, deux des voyous, les plus rapides, avaient bondi pour le saisir. Ils s'agrippèrent à la carrosserie. Le conducteur actionna la sécurité qui bloquait les portières. Des coups retentirent sur le toit. Les assaillants frappaient du plat de la main. La voiture démarra et la bande s'écarta pour éviter de se faire écraser.

— Vous ! s'écria Aurel en regardant le conducteur.

C'était Cortegiani, tassé sur son volant ; il regardait droit devant lui.

— Merci. Sans vous, je ne sais pas ce qu'ils m'auraient fait.

Le douanier haussa les épaules.

— Quelle idée de rentrer à pied.

— Je pensais trouver un taxi…

— Vous avez eu de la chance que je me sois perdu.

— Vous vous êtes perdu ?

— Avec ces foutues ruelles sans lumière… Tout à l'heure, en sortant, j'ai repris ma voiture que j'avais garée devant le Cercle et je suis parti dans la mauvaise direction. Finalement, j'ai dû revenir en arrière, faire tout le tour.

— Tant mieux pour moi !

— Bon, où est-ce que je vous dépose ? Je retourne à l'ambassade.

— Alors, c'est parfait : j'habite juste à côté.

Ils rejoignirent les grands axes. Cortegiani conduisait lentement en faisant un grand effort pour se concentrer. En apparence, il supportait assez bien l'alcool, mais ses réflexes étaient tout de même atténués et par moments il avait l'air hébété. Aurel craignait qu'il ne s'endorme. Il lui parlait pour le tenir éveillé. Mais il n'était plus question de mener une conversation sérieuse : Aurel s'en tint à des propositions simples.

— Pas terrible, leur vin blanc, dans ce Cercle, vous ne trouvez pas ?

— Moi, de toute façon, je n'aime que le whisky.

— Comme je vous comprends, dit Aurel qui avait ce breuvage en horreur.

Au moins tenait-il un sujet sur lequel Cortegiani semblait intarissable et même disert. Le douanier se mit à énumérer des noms de single malt qu'Aurel n'avait jamais entendus de sa vie. Les sonorités celtiques mugissaient dans sa bouche et s'accordaient à merveille avec son élocution pâteuse.

Quand ils abordèrent le centre-ville, un camion semi-remorque faillit les emboutir au moment où ils traversaient un rond-point. L'émotion tarit d'un coup l'inspiration écossaise du conducteur. Ils terminèrent le chemin en silence.

Arrivé chez lui, Aurel alla tout de suite chercher un cachet d'aspirine. Les aventures du retour avaient un peu fait passer l'alcool mais la cuite laissait derrière elle une migraine tenace.

Il se déshabilla, passa une sorte de veste d'intérieur en mohair et chaussa ses mules brodées. Il entra dans la cuisine et sortit du réfrigérateur un demi-poulet et de la moutarde. Puis,

quand il eut mangé, il alla chercher une bouteille de blanc bien frais. Fini les vinasses du
Cercle, oubliés les mousseux, les piquettes et les
tord-boyaux anglo-saxons. Il revenait aux fonda-
mentaux.

IX

Une heure durant, au piano, il joua des pièces de Mozart. Sa formation classique laissait à désirer et il était loin d'avoir le niveau d'un concertiste. Cependant, Mozart était pour lui une sorte de dernier recours, un dictame qui apaisait toutes les inquiétudes, extrayait de l'âme la laideur du quotidien et le faisait entrer dans le monde pur des idées. Quand il referma le clavier, Aurel se sentait parfaitement lucide et prêt pour la besogne qu'il s'était fixée.

Après avoir amassé tant de données sur Mayères, le moment était venu d'assembler toutes les pièces, loin du tumulte de la journée. Aurel ouvrit son ordinateur et, pendant que le système d'exploitation se mettait en route, il alla chercher une boîte de punaises dans un tiroir. Puis il brancha l'imprimante et fit de nouveau sortir le portrait de la victime, en couleur cette fois. Il l'épingla à hauteur d'homme sur le mur du salon, se recula pour juger de l'effet, prit un feutre et dessina sous la tête les contours d'un corps. Il était en face d'un Mayères debout et pouvait s'adresser à lui d'égal à égal.

Ensuite, il alla chercher les documents qu'il avait trouvés dans le coffre du bateau. Il y avait d'abord une petite pochette en plastique transparent dans laquelle étaient glissées des photos. Sans légende, elles montraient des portraits et des groupes sur lesquels Aurel ne pouvait mettre un nom. Il avait aussi récupéré dans le coffre un ensemble de lettres manuscrites. Il y en avait de deux sortes, ficelées dans des paquets séparés.

Le premier était composé d'une dizaine de feuilles. Il en déplia une. Elle portait la date du 11 février 2012. Aurel la déchiffra avec difficulté. L'écriture était nerveuse, elliptique, les lettres mal formées. Le texte commençait par « ma chérie ». Il dut lire plusieurs paragraphes et retourner les feuilles pour regarder la signature avant de comprendre. Cette lettre, et les autres du paquet, était écrite par Mayères lui-même. À quelle femme étaient-elles adressées ? En déchiffrant le contenu de ces missives, toujours assez courtes mais denses, écrites avec d'étroits interlignes et en tassant les mots, Aurel se rendit peu à peu à l'évidence. Ce n'étaient pas des lettres d'amoureux, ou plutôt, s'il s'agissait d'amour, ce n'était pas dans le cadre d'une liaison charnelle entre un homme et une femme. Il était surtout question de souffrance, de culpabilité, d'avenir, d'enfance. Soudain, une phrase éclaira tout : « Ta mère et moi avons été terriblement blessés que tu traverses cela sans nous appeler. » Ta mère et moi : les lettres étaient destinées à leur fille. Au détour d'un en-tête, Aurel nota qu'elle s'appelait Cléo. Tous les textes étaient empreints de regret, d'interrogation sur les fautes commises. Mayères y faisait l'aveu d'avoir consacré trop de temps à son travail, de ne pas avoir été suffisamment présent pendant l'enfance de sa fille. Le reste des textes était occupé par des questions d'argent. Il en ressortait que toute relation était coupée avec Cléo : le seul lien restant entre elle et son père était une permanente demande financière. Il était clair aussi que cet argent alimentait une consommation croissante de drogue. Mayères y répondait par amour et envoyait les sommes demandées. Mais son amour, de la sorte, devenait un instrument de mort. Les lettres faisaient référence à des séjours à l'hôpital, des accidents, des agressions qui jalonnaient comme autant de stations douloureuses le chemin de croix de la jeune toxicomane. Puis venait la dernière lettre, presque incohérente, suppliante, qui avait dû être écrite dans des larmes et qui était illisible à la fin. « Réponds, je t'en supplie, réponds-moi. J'ai eu tort de te refuser ce que tu m'as demandé. Dis-moi où je peux te voir. Réponds, Cléo. Ne garde pas ce silence. Je t'aime infiniment. »

Aurel s'essuya les yeux. Puis il regarda Mayères.

Son visage prenait une expression nouvelle. La dureté de ses traits était en fait une érosion sous l'effet des chagrins, des nuits d'angoisse, des nouvelles attendues et redoutées.

Les lettres qu'Aurel tenait en main avaient été probablement récupérées après la mort de Cléo. La dernière laissait deviner que son père, en désespoir de cause, avait sans doute essayé une autre méthode et s'était montré dur, avait refusé le concours financier demandé. Dieu seul savait dans quoi la jeune femme s'était alors précipitée. En tout cas, elle en était morte et la culpabilité que ressentait Mayères devait être écrasante.

Aurel revint aux photos. L'une d'elles représentait une enfant de huit ans à peu près, vêtue d'une robe à smocks rouge avec un col à fleurs. Elle avait les cheveux raides, des yeux noirs un peu asymétriques. Son sourire était figé, forcé, presque douloureux. Aurel imaginait avec quelle intense nostalgie son père devait regarder cette photo d'avant. Elle le ramenait au moment où tout était encore possible, où le germe du malheur et de la mort n'avait pas encore éclos. Il chercha à retrouver une Cléo adulte dans les autres photos. Il parvint seulement à imaginer sa présence sur un cliché qui montrait une famille assise au soleil autour d'une table sur une terrasse. Aurel reconnut Aimée dans une des femmes. Un couple inconnu lui faisait face et, au bout de la table, cachée sous une casquette à longue visière et le regard dissimulé par des lunettes noires, une fille très maigre tenait une cigarette d'une main et un verre de l'autre. C'était Cléo, probablement, venue voir ses parents, chercher de l'argent, comme toujours. Il y avait une tension muette dans la scène. Malgré le soleil, les bouteilles de vin, la vaisselle provençale, le tableau avait quelque chose de funèbre. Aurel se demanda si ce n'était pas là la dernière image que Mayères avait eue de sa fille. Il alla jusqu'au mur où il avait épinglé le portrait et il accrocha les deux photos à sa droite.

Les lettres du second paquet étaient beaucoup moins nombreuses. Elles étaient écrites très lisiblement, au stylo et à l'encre turquoise. Sans être graphologue, on reconnaissait au premier coup d'œil une écriture féminine. Il y avait dans la régularité de la graphie quelque chose d'admirable et de terrifiant. On sentait que la personne qui avait tenu la plume avançait dans la vie comme sur les lignes du papier, sans être perturbée par rien, en déroulant son plan, en suivant ses habitudes, ses méthodes, en ne laissant rien entraver ses certitudes ni modifier ses projets.

Les lettres étaient signées A., et Aurel n'eut aucun doute : il s'agissait d'Aimée.

C'étaient des missives froides, sans âme ni tendresse. Mais elles étaient empreintes d'une sorte de respect tel qu'il peut en exister entre les parties d'un contrat. Dans la dernière en date, Aimée écrivait : « J'ai bien pris note du projet que tu m'as exposé. Je n'ai aucune objection à formuler. Tu es seul juge du cours que tu comptes donner désormais à ton existence. Je suis sincèrement heureuse que nous ayons pu aboutir à un accord et je t'en remercie. »

Cette formule de reconnaissance, sèche et sans autre explication, était la seule concession qu'Aimée semblait faire aux sentiments. À quoi faisait-elle allusion ? Quel était cet accord que Mayères et elle avaient passé ? La lettre avait été écrite peu avant que le voilier quitte définitivement la France. Aurel chercha une autre photo d'Aimée, n'en trouva pas et numérisa celle où elle était avec sa fille. En recadrant l'image sur l'ordinateur, il put imprimer un cliché d'Aimée presque en gros plan. Il l'épingla sur le mur à côté de Mayères.

Une autre photo montrait le défunt en compagnie d'hommes et de femmes qui devaient être ses employés. Derrière eux, l'entrée d'un bâtiment moderne, sans doute le siège social de la société. Aurel la fixa au mur. Les deux dernières photos, à bords dentelés, étaient prises en noir et blanc. Elles représentaient pour l'une un soldat en pied, avec son uniforme et ses armes, sans doute un portrait de combattant comme on en faisait avant toutes les guerres. Sur la dernière, le même militaire, sans képi et la veste déboutonnée, qui tenait par la main un gamin d'une dizaine d'années : Jacques Mayères, sans doute, et son grand frère Robert, le héros. L'enfant était gonflé de fierté, les narines dilatées, les yeux brillants. Il semblait électrisé par la grande main qu'il serrait entre ses doigts trop courts. On imaginait sa déception quand cette main le lâcherait, sa solitude. Et plus encore quand il apprendrait que jamais plus il ne pourrait la tenir, qu'elle gisait sous la terre, sans vie ni volonté ni mémoire. Aurel épingla le cliché au mur. Il y en avait maintenant tout autour de Mayères. Sur Internet, il trouva une photo de Mame Fatim publiée par un journal local. Il en fit un tirage et la colla également au mur.

Puis il recula. Mayères flottait dans son monde. Ces satellites tournaient autour de lui. Ils exerçaient sur le mort leurs influences contraires. Au premier coup d'œil, on voyait que les forces se groupaient en paires opposées. Le frère et l'entreprise. Aurel tira un trait avec un gros feutre noir entre les deux images. D'un côté l'héroïsme, de l'autre les affaires. La famille de la mère et celle du père. Aimée et sa fille, un autre trait : le couple ambivalent et mortifère d'une mère régnante et d'une enfant amoureuse de son père. Aimée et Mame Fatim, autre trait, autre opposition. La fille et l'entreprise, couple apparemment ambigu, les disparitions de l'une entraînant la vente de l'autre. Aurel

trouva encore bien des traits à tracer. Ils traversaient tous la photo de Mayères qui ressemblait
désormais à un gros bourdon pris dans une toile
d'araignée.

Tout cela était inextricable. C'était une vie, et
dans toute vie on trouve, à des degrés divers, un
entrelacs de relations, d'oppositions, de contradictions. Pourtant, à un moment donné, l'une
d'elles avait pris le dessus sur les autres et avait
tranché ce nœud gordien. Une balle avait été
tirée, qui avait tout dénoué. Par qui ?

Aurel alla jusqu'au piano et joua très lentement, presque accord par accord, une sonate
de Chopin. Soudain, il se releva, chercha une
image sur son ordinateur, retrouva une photo
du *Tlemcen*, la tira et la mit sur le mur à côté de
celle de Mayères.

— Voilà la première rupture.

Mayères avait rompu tous les fils pour partir
sur ce bateau.

Aurel s'assit sur un bras de fauteuil et réfléchit. Peut-être faisait-il fausse route en réinjec-
tant autour de Mayères tous ces souvenirs et tous
ces drames ? Après tout, il était venu à Conakry
pour les laisser derrière lui. Il n'y avait dans
cette affaire qu'un bateau dans une marina et
un homme sans passé face à ceux qui, tout à
coup, l'entourent et le menacent.

Il était deux heures du matin quand Aurel
s'engagea dans une nouvelle direction. Il avait

réfléchi intensément à cet homme ficelé dans son passé et voilà qu'il le découvrait libéré. Pourquoi le charger de tout ce qu'il avait voulu fuir ? La solution ne se trouvait-elle pas plutôt sur une table rase ? Un port en Afrique ; des bateaux ; un homme avec sa fortune.

Aurel retira la photo du bateau et la replaça à l'écart des autres clichés. De la toile d'araignée qu'il avait tissée autour de Mayères, seule Mame Fatim était présente sur place. Il décrocha sa photo et la plaça à côté de celle du voilier. Il ajouta une silhouette qu'il dessina sur une feuille et inscrivit « Lamine ». Qui d'autre ?

Pour rester lucide, Aurel avait pris garde à ne pas trop boire. Tout de même, parvenu à ce point et contraint de revoir toutes ses idées, il s'autorisa un petit coup. Il alla chercher une bouteille de blanc, rinça un verre et but lentement le chablis un peu madérisé qu'il avait trouvé dans la cave de son prédécesseur.

Puisque son raisonnement l'avait ramené vers les bateaux, il chercha sur son ordinateur la liste que lui avait procurée Hassan.

C'était un tableau Excel assez long dans lequel figuraient le nom et le pavillon de tous les bateaux enregistrés à la marina depuis six mois, l'identité des équipages et leur nationalité, leur provenance et leur destination, et enfin leur date d'entrée et de sortie des eaux guinéennes.

En parcourant rapidement la liste, Aurel nota

d'abord que l'activité de plaisance était relativement réduite. On pouvait distinguer trois types de fréquentation : ceux qui s'arrêtaient pour une brève escale et repartaient presque aussitôt. En général, ces bateaux-là faisaient du cabotage le long des côtes d'Afrique. Leurs étapes étaient courtes et demandaient peu de préparation. D'autres restaient plus longtemps, quelques jours à quelques semaines. Pour la plupart, c'étaient des voiliers qui se dirigeaient vers le Brésil. Conakry était leur dernière escale africaine. Ils devaient effectuer des préparatifs assez complets et assez longs, en vue d'une traversée en haute mer de quelques jours. Enfin, d'autres encore, à vrai dire assez peu nombreux, s'installaient pour plusieurs mois, comme l'avait fait Mayères. Aurel nota, en regardant les caractéristiques des équipages, que cette dernière option était plutôt le fait de retraités ou, au contraire, de couples avec de jeunes enfants originaires souvent de Hollande ou de Scandinavie. Il s'agissait sans doute de familles ayant choisi ce mode de vie itinérant, prenant leur temps et séjournant à Conakry parce qu'ils s'y trouvaient à l'aise.

La plupart des bateaux enregistrés étaient étrangers. Beaucoup d'anglais, d'allemands, quelques italiens et toujours des néerlandais et des scandinaves. Les français étaient assez rares. Aurel s'attarda sur le bas de la liste : les quatre derniers bateaux inscrits étaient ceux qui mouillaient encore dans la marina et, par conséquent, étaient présents au moment du crime. Deux étaient anglais. Ils provenaient du même endroit : Dakar. Les équipages étaient des couples de septuagé-naires. On pouvait supposer qu'ils naviguaient ensemble car ils étaient arrivés le même jour, un mois plus tôt. Le commissaire avait confirmé que les deux couples étaient en excursion dans un parc naturel à soixante kilomètres de Conakry la nuit du crime. Leur présence était attestée dans un hôtel situé en bordure de la réserve. Le troisième était un bateau battant pavillon maltais. À son bord, un couple de trentenaires avec deux enfants de cinq et sept ans. L'homme était de nationalité américaine et sa femme aus-tralienne. Ils étaient arrivés peu avant Mayères. Souvent, ce genre de famille inscrivait les enfants à l'école en ville et restait pour la durée d'une année scolaire. C'était probablement le cas pour ceux-là car ils étaient arrivés à la fin du mois d'août, juste avant la rentrée. La famille était difficilement soupçonnable a priori. De surcroît, Mayères semblait avoir eu peur depuis peu de temps, or ce couple et leurs enfants étaient ses voisins depuis le début sans que cela lui ait posé de problème. Sur le dernier voilier, le skipper était un solitaire : un Italien d'une quarantaine d'années. Aurel l'avait aperçu de loin sur son bateau. Bel homme, vivant torse nu et montrant avec une certaine fierté les tatouages qu'il avait sur les épaules. Il avait indiqué comme provenance Lanzarote lors de son arrivée quinze jours plus tôt. Son profil était suspect à plusieurs titres. Dans l'hypothèse où l'affaire aurait été téléguidée par Aimée, ce Génois pouvait constituer le chaînon manquant. Il séjournait probablement souvent sur la Côte d'Azur où elle avait pu le rencontrer. Par ailleurs, la nature de ses ressources était inconnue. D'où tirait-il l'argent avec lequel il avait acheté cette magnifique goélette ? Il était tout à fait possible qu'il ait un lien avec les mafias et soit impliqué dans le trafic. Cependant, il avait un alibi à la fois ridicule et assez solide : il avait passé la nuit avec la fille du ministre de la Santé publique. Cela s'était passé dans l'appartement même du ministre qui était en voyage officiel en Chine. Bâ avait fait allusion à cet événement quand Aurel l'avait rencontré chez Dupertuis. Depuis lors, un journal à scandale avait révélé l'affaire et publié les témoignages de plusieurs membres du personnel qui confirmaient cet alibi. Aurel avait tendance à accepter cette version et il ne croyait guère à l'implication d'un tel personnage dans le meurtre de Mayères : pour lui, l'Italien en question était presque trop suspect pour être coupable. On ne pouvait cependant rien exclure. Aurel dessina une silhouette sur un papier et écrivit Gian-Carlo. Puis il l'afficha au mur près du voilier, à côté de Mame Fatim et de Lamine.

Il regarda de nouveau la liste et remonta cette fois plus haut, survolant les mois précédents. S'il était vrai que la marina constituait une plaque tournante de la drogue, il fallait bien que des équipages soient impliqués. Or, mis à part un ou deux personnages louches du genre de Gian-Carlo, tous les autres semblaient irréprochables. Cela renvoyait à une question toute simple, qu'Aurel ne s'était jamais posée : qui, concrètement, prend part à ce genre de trafic ? S'il se mettait un instant à la place des trafiquants, il était évident qu'ils allaient utiliser de préférence des personnes a priori insoupçonnables. Aurel se souvenait d'avoir lu quelque part un article sur un couple de retraités presque octogénaires qui servaient de passeurs de cocaïne avec leur camping-car...

Quand on regardait les choses ainsi, le monde changeait d'aspect et un abîme s'ouvrait sous les pieds. Les beaux voiliers qui se balançaient au soleil, sur le plan d'eau de la marina, avec leurs équipages nonchalants et débonnaires, prenaient soudain le visage inquiétant de la drogue et des mafias. Quand il vivait en Roumanie, Aurel s'était habitué à ce mariage permanent de la respectabilité et du crime. Les dignitaires communistes avaient tous l'air de mériter Marx sans confession. Et pourtant, ils cachaient sous ce masque la corruption, le mensonge, la violence. En arrivant à l'Ouest, Aurel avait voulu croire qu'il avait rejoint une terre de vérité où les méchants ont l'air de méchants et où l'on peut faire confiance aux braves gens. Au fond de lui, il savait que c'était faux. Mais il voulait y croire. Mayères, lui, probablement, n'y avait jamais cru.

Par curiosité, Aurel tapota sur son ordinateur et chercha de quand datait la dernière grosse saisie de drogue dans la zone. La seule affaire qui avait laissé une trace sur Internet était l'interception d'un voilier par un aviso français dans les eaux internationales au large de la Côte d'Ivoire. Les faits avaient eu lieu quatre mois auparavant. En poussant ses recherches, il découvrit le nom du bateau : le *Cork*. À son bord, deux femmes d'une soixantaine d'années, veuves, de nationalité irlandaise. L'une était une ancienne enseignante de mathématiques et l'autre une infirmière. Elles s'étaient mises à naviguer pour leur plaisir quelques mois plus tôt. Aurel se reporta à la liste de la capitainerie. En remontant jusqu'à la période en question, il retrouva le *Cork*. Les deux femmes étaient arrivées un mardi et reparties le dimanche suivant. Leur identité figurait sur le tableau. Comment aurait-on pu les détecter ? C'était donc cela : personne n'était à l'abri du soupçon. Ces dignes retraités, ces saintes familles, ces golden-boys ayant mérité une vie de farniente et de soleil, tous, rigoureusement tous, étaient des trafiquants en puissance. On ne devait exclure personne.

Aurel prit une feuille et dessina la petite famille américano-australienne. Jugeant qu'il l'avait éliminée un peu vite de la liste des suspects, il l'épingla au mur. Après un moment de réflexion, il ajouta une autre feuille portant les noms des quatre Anglais. Tout le monde, dans ce petit univers clos, était suspect. Et Mayères aussi.

Aurel avait considéré un peu vite que son argent le dispensait de jouer à de tels jeux. Mais finalement qu'en savait-il ? Qui pouvait garantir qu'il n'était pas aussi impliqué dans les trafics ? Qui pouvait jurer qu'il n'avait pas des fréquentations dangereuses ? Aurel fit un nouveau tirage de la photo de Mayères et la plaça à côté du bateau. Il recula et jugea de l'effet produit. Il avait reconstitué au mur le tableau presque complet de la marina. Il manquait Seydou et le patron. Il les ajouta puis s'amusa à regrouper les feuilles sur le mur, de manière à ce qu'elles se placent à l'endroit qu'occupaient dans l'espace tous les protagonistes. Il rassembla tous les bateaux dans un coin et plaça celui de Mayères seul, à l'autre extrémité du bassin. Il figura le club-house sur un point du mur et y épingla le patron. Il mit Seydou sur son rivage et afficha les effigies de Mame Fatim et de Lamine entre lui et le bateau de Mayères. Puis, satisfait de son travail, il se servit un nouveau verre.

Il avait ainsi composé deux ensembles sur le mur : Mayères dans la toile d'araignée de sa famille et Mayères au milieu de la marina. Il tira le canapé et le fit pivoter pour le placer plus près du mur et bien en face des deux schémas, puis il s'affala dessus. La réflexion prenait volontiers chez Aurel la forme de l'assoupissement. Beaucoup de ses chefs et tortionnaires s'y étaient trompés. Ils croyaient qu'il dormait alors qu'il se livrait à d'intéressantes ruminations et ils étaient toujours surpris par ce qui en sortait.

Le temps passa. Par instants, Aurel ouvrait un œil, tendait le bras pour reprendre un peu de vin blanc, buvait et s'affalait de nouveau sur les coussins, les yeux mi-clos. À un moment, il s'endormit pour de bon puis se réveilla en sursaut. Il avait peur. Lui, Aurel, avait peur ? Non, se dit-il en revenant à lui, c'est Mayères qui a peur. Depuis peu de temps. De qui ? Cette méthode onirique lui permettait de s'identifier totalement au personnage. Il adorait ces jeux de rôles. Il finissait par voir le monde comme ceux dont il s'amusait à prendre la place. Avec les yeux du mort, il apercevait Aimée, Cléo, l'entrelacs de sa vie d'avant : il ne sentait pas de danger de ce côté-là. La terreur venait de la marina. Mais de qui ? Plusieurs fois, il se replongea dans ses rêves et en sortit brutalement, en fixant la carte du petit port. Chaque fois, l'angoisse était là. Il la sentait vibrer en lui comme un pendule. Mais sans qu'elle se fixe sur quiconque.

L'heure tournait. La nuit commençait à se teinter d'une pointe de rose. Les fenêtres obturées par la végétation étaient semées de points de plus en plus clairs.

Tout à coup, Aurel se redressa en poussant un cri. Il avait vu. Il avait vu *ce qui manquait*. L'essentiel, ce n'était aucun des papiers qu'il avait collés au mur, mais le trou qu'ils dessinaient tous ensemble.

Maintenant qu'il l'avait compris, toute la mécanique avait basculé, s'était mise en ordre grâce à cette pièce manquante. Le passé de Mayères, ses faits et gestes depuis son arrivée, les témoignages des uns et des autres, tout se réorganisait. Par une sorte de miracle, là où existaient auparavant incohérence et mystère se trouvaient désormais harmonie, logique, vérité. Aurel était debout et se passait la main sur le visage.

Il resta un long moment ainsi, hébété, surpris lui-même par la simplicité de ses déductions. Il se sentait comme quelqu'un qui se relève d'une forte fièvre. Pour un peu, il serait bien sorti ainsi sans attendre, tant ce qu'il devait faire lui paraissait limpide. Mais, tout à coup, tel Adam interpellé par le Créateur, il prit conscience de sa nudité. Il se rua sur son placard et en sortit ce qui littéralement lui tombait sous la main. Il enfila un vieux pantalon en velours qu'il réservait d'ordinaire pour des promenades le dimanche sur le terrain du club de golf. Il passa un pull à col roulé bleu et, par-dessus, une veste de smoking. Machinalement, il noua une cravate autour du col roulé. Puis il fouilla dans le bas du placard pour trouver une paire de chaussures. Il prit la première venue, des mocassins bordeaux à glands, et l'enfila sans se donner la peine d'ajouter des chaussettes. Il attrapa sur un meuble près de la porte son portefeuille et ses clefs et sortit dans la ruelle.

Un de ses voisins, à deux maisons de là, était chauffeur de taxi : Aurel le trouva justement occupé à laver sa voiture. Il se dirigea vers lui et, sans un mot, monta à l'arrière. L'homme n'avait aucune intention de commencer le travail aussi tôt et il n'avait pas fini de rincer sa vieille Renault. Mais il connaissait Aurel et savait que la discussion était difficile avec lui. Il posa son seau sur le pas de sa porte et monta dans la voiture encore dégoulinante de mousse. Il avait les mains trempées et tenait le volant avec les poignets.

— À la marina, claironna Aurel.

X

La ville à l'aube était encombrée de piétons car les pauvres, selon une loi universelle à laquelle Conakry ne fait pas exception, sont contraints de se lever plus tôt que les autres. Des groupes entiers de femmes et d'hommes marchaient, portant sur la tête des sacs ou des bassines en plastique. Au milieu d'eux, on apercevait des écoliers en uniforme coloré et des employés en costume européen, les chaussures pleines de poussière mais la chemise blanche impeccable. La chaleur était déjà là mais elle tournait dans l'air comme un oiseau de proie.

Pour quelque temps encore la foule cheminait dans la fraîcheur de l'ombre qui n'avait pas totalement disparu. Au détour d'une rue, le soleil apparaissait fugitivement entre deux immeubles qu'il faisait rougeoyer. Dans moins d'une heure, tout serait lumière et poussière mais, pour le moment, la lutte était à peu près égale entre l'haleine humide de la nuit et la sécheresse incandescente du petit jour.

Le portail de la marina était fermé chaque soir, ce qui était une précaution inutile : le mur d'enceinte qui prétendait clôturer le jardin était effondré en de nombreux endroits et ménageait autant d'ouvertures pour pénétrer dans l'établissement. D'ailleurs, les battants étaient juste poussés et Aurel entra sans difficulté. Il laissa à sa gauche le bâtiment du club-house dont les fenêtres étaient fermées par des volets de bois. Le patron dormait encore. Il ne se réveillait jamais avant neuf ou dix heures. Aurel se dirigea vers le bassin et repéra sur la droite, à l'extrémité du jardin, la cabane de Seydou.

Le jeune homme était déjà debout. Une casserole en fer-blanc chauffait sur deux pierres. Penché sur le feu de bois qui fumait, il s'éveillait doucement. Quand il aperçut Aurel, il se passa la main sur les yeux, comme pour vérifier qu'il ne rêvait pas. Dès qu'il comprit que le Consul se dirigeait vers lui, il prit peur et se redressa. Seydou, jusque-là, n'avait eu affaire qu'à Hassan. Il avait aperçu de loin Aurel au moment de sa première visite, le jour du crime, et l'avait conduit avec Jocelyne à bord du bateau. Il connaissait aussi sa réputation et savait que tous les Blancs se moquaient de lui. Tout de même, son apparition dans le petit matin était effrayante. Il y avait son accoutrement, bien sûr, qui lui donnait l'air d'un fou. Mais c'était surtout son expression hallucinée qui pouvait susciter la terreur, en particulier chez un garçon comme Seydou, pour lequel les esprits et leur capacité à s'emparer de l'âme des vivants étaient une réalité incontestable.

— C'est bien toi, Seydou ?

— Oui.

— J'ai quelques questions à te poser.

Comme avec Hassan, la jeunesse du garçon avait conduit instinctivement Aurel à le tutoyer.

— Vous ne voulez pas vous asseoir ? s'empressa Seydou en montrant un tabouret de bois tout de guingois. Je préparais justement du café…

Dans la culture africaine, rien n'est plus inconvenant que d'aborder directement un sujet. La tradition d'hospitalité veut qu'on mette son hôte à l'aise. Et l'hôte prend son temps avant d'en venir à l'objet de sa visite. Mais Aurel était au-delà de toutes ces considérations. L'alcool n'avait pas encore cessé ses effets et il était sous le coup des révélations oniriques dont il venait de faire l'expérience. Dans ce monde-là, on ne s'assoit pas et on n'échange pas de banalités.

— Tu as dit que tu transportais Mame Fatim le soir, quand elle quittait le bateau pour aller rejoindre son copain Lamine.

— Oui, confirma Seydou.

Il regrettait les confidences qu'il avait faites

à Hassan. Aurel allait brailler cela partout et le patron serait forcément au courant.

— D'habitude, tu l'amenais à terre. Était-ce toi aussi qui la ramenais quand elle rentrait ?

Seydou réfléchit, non pour trouver la réponse, il la connaissait, mais pour tenter d'imaginer quel aveu serait le moins grave, s'il devenait public.

— À vrai dire, ça dépendait des jours. Si elle ne rentrait pas trop tard, elle me demandait. Sinon, c'était Lamine qui la reconduisait en barque.

— C'était toujours ta barque ?

— Que voulez-vous dire ?

— Je veux dire que si tu dormais, c'était toujours ta barque qu'ils allaient décrocher ?

— En général. Mais si j'étais parti avec, ils pouvaient en utiliser d'autres. Vous avez vu qu'il y en a plein qui sont amarrées le long de la rive.

— C'est bien celle-ci, ta barque ?

Aurel montrait la petite yole attachée devant la cabane.

— Vous le savez. Vous êtes monté dedans.

— Et elle avance à la godille ? insista Aurel, qui suivait son idée.

Seydou haussa les épaules, tant la question était évidente.

— Avec une rame ?

— Pourquoi me demandez-vous tout cela : vous la voyez bien, la rame.

— Et il n'y en a pas une autre dedans ?

— Vous avez vu comme c'est petit ? Où voudriez-vous que je cache une deuxième rame ? Et pour quoi faire ?

Aurel n'écoutait pas les réponses. Il suivait une trace, comme un chien de chasse. Et il venait de découvrir un premier indice : il était sur la bonne piste. Il releva le nez.

— Mame Fatim est rentrée à bord du *Tlemcen* dans une barque à *deux* rames.

— Comment le savez-vous ?

— La musique, mon garçon, la musique, dit Aurel en tapotant sur l'épaule du jeune homme. Je l'entends, sais-tu ? Je l'entends comme Teresa Berganza dans l'air des Anges de *Rigoletto*.

Il fredonna quelques notes, en dessinant des arabesques dans l'air. Puis, tout à coup, il changea de registre et imita la voix de Mame Fatim.

— *Lamine a posé une des deux rames dans notre barque et il s'est servi de l'autre pour avancer doucement...*

— Elle a dit ça ?

— Comment, elle a dit ça ! Mais c'est *elle* qui vient de parler.

Et Aurel imita de nouveau la jeune fille en minaudant et en soufflant dans le nez de Seydou. L'odeur d'alcool de son haleine le fit reculer.

— Donc, c'est qu'ils ont pris une autre barque, conclut le jeune homme.

— Voilà. Et pourtant, la tienne avait bougé. Tu en es sûr ?

— Certain. Je l'accoste toujours dans le même sens, à l'envers, si vous voulez, pour qu'elle soit prête à repartir.

— Et là, elle était à l'endroit.

— Oui.

— Ce qui veut dire que la personne qui l'a remise à sa place ignorait que tu la garais comme cela ?

— Sans doute.

— Ou alors, ajouta Aurel le doigt en l'air et de plus en plus guilleret, cela veut dire qu'elle était pressée, cette personne, qu'elle n'avait pas de temps à perdre avec des manœuvres.

Seydou se dit que, décidément, ce pauvre Consul était un peu dérangé. Il avait envie de rire en le voyant dans cet accoutrement faire des pantomimes autour d'une barque. Il retourna à son petit feu, ôta le couvercle de la casserole et versa du café dans un verre épais.

— Vous êtes sûr que vous n'en voulez pas ?

Aurel se retourna et sembla découvrir la cabane et le petit foyer qui brûlait devant.

— Mais si, dit-il en s'avançant, c'est une bonne idée. Un café bien chaud.

Et avisant un tabouret, il s'assit dessus, en relevant les jambes de son pantalon en velours.

— Du sucre ?

— Jamais, merci.

Aurel prit le verre que Seydou lui tendait et se mit à regarder la surface noire du café qu'irisaient des reflets huileux.

— Autre chose, maintenant. Tu as dit à Hassan que tu t'étais occupé d'un autre bateau. Un bateau qui aurait quitté la marina en fin d'après-midi avant la nuit du crime.

C'était la pièce manquante, le trou dans le schéma épinglé sur le mur…

— J'aimerais que tu m'en parles un peu, de ce bateau.

— Si vous voulez.

— À quelle heure est-il parti exactement ?

— Je dirais cinq heures. C'était avant la tombée de la nuit, en tout cas.

— Et Mayères était sur le pont de son voilier à ce moment-là ?

— Oui, je l'ai vu.

— Il était vivant ?

— Ne vous moquez pas de moi, monsieur le Consul.

— Je veux dire, il bougeait ? Il a salué le bateau qui partait ? Il paraît que ça se fait, surtout dans une petite marina comme ici.

— Mayères bougeait, c'est sûr ; il allait et venait sur son pont. Je ne sais pas s'il a salué.

— Où mouillait-il, ce voilier ?

— Là-bas.

Seydou montra un point dans la direction où étaient regroupés tous les voiliers.

— Avec les autres, en somme ?

— Pas vraiment. Il s'était mis entre eux et celui de M. Mayères. C'était assez bizarre, d'ailleurs.

— Et il était là depuis quand ?

— Deux jours.

— De sorte qu'il avait été enregistré par ton patron mais pas encore sur la liste des Affaires maritimes.

— Je n'en sais rien mais c'est probable. Le patron y va une ou deux fois par mois, pour remettre les fiches.

— Et de combien de personnes se composait l'équipage ?

— Deux : un homme et une femme. Des Sud-Africains.

— Blancs ?

— Tout ce qu'il y a de plus, oui.

— Quel âge ?

— La quarantaine.

— Où allaient-ils ?

— Chez eux. Ils rentraient à Durban en faisant des escales le long de la côte.

— Tu les avais déjà vus ?

— À l'aller, ils s'étaient arrêtés ici.

— Il y a combien de temps ?

— Je ne pourrais pas vous dire. Quelques mois.

— Et comment il s'appelait, ce bateau ?

— Le *Good Hope*.

Aurel absorba ce nom en même temps qu'une

grande lampée du café qui commençait à tiédir. Il fit une grimace.

— C'est bizarre. Tu ne préfères pas du thé ? Les Guinéens en général aiment le thé.

— Le patron me donne du café, avoua Seydou, un peu gêné.

Ce pingre de Ravigot ne lui faisait évidemment pas cadeau de la meilleure qualité.

— Maintenant, soyons précis, Seydou. J'ai encore deux ou trois questions ; après je te laisse tranquille. Tu dis que tu as fait des allers-retours à terre le jour du crime, c'était pour amener qui ?

— Il y avait d'abord les Anglais qui partaient faire un safari-photo. Je les ai déposés tous les quatre, mais deux par deux ; je ne peux pas charger plus de monde sur ma barque. Et j'ai fait un autre voyage pour leurs bagages. C'était en début d'après-midi.

— Ensuite ?

— Ensuite, je me suis occupé d'un des gamins de la famille américaine. Il devait aller chez un médecin avec sa mère. Je les ai conduits à terre et je les ai ramenés le soir, quand ils sont revenus.

— Et rien pour le *Good Hope* ?

— Si, entre les deux. Ils m'ont fait des signes. Je suis allé voir. Le type parlait mal le français mais il m'a fait comprendre que son annexe ne fonctionnait plus. Vous savez comment ils sont, ces plaisanciers : en général, c'est tout au moteur. La godille, ils ne connaissent pas.

— Pourquoi est-ce qu'ils avaient besoin de leur annexe ?

— Pour charger des victuailles qu'on leur avait livrées et qui attendaient au club-house.

— C'est tout ?

— Non, ils voulaient aussi que je raccompagne un ami en ville.

— Un ami qui était à bord avec eux ?

— Oui.

— Il était arrivé comment et quand ?

— Ils ne m'ont pas donné de détail. Et d'ailleurs, je vous l'ai déjà dit, ils parlaient très peu français.

— Mais tu as bien une idée ? Comment était-il arrivé à leur bord, cet ami ?

Aurel sirotait son café à petites gorgées. L'amertume de ce breuvage clair était plus efficace que la caféine qu'il contenait pour le réveiller.

— Je ne sais pas, moi. Peut-être que leur annexe fonctionnait un peu plus tôt et qu'ils étaient allés le chercher eux-mêmes.

— Mais tu ne les avais pas vus faire ?

— Je ne suis pas toujours sur le bassin. Au moment des repas, j'aide le patron au club-house.

— Mais peut-être qu'il était arrivé dans le voilier avec eux ?

— C'est possible aussi. Je n'en sais rien.

— Et l'ami en question, comment était-il ? Un Sud-Africain également ?

— Peut-être bien mais ça m'étonnerait. Il avait plutôt une tête d'Indien, pas un Indien d'Inde, un Indien de western, vous voyez le genre ?

— Grand ?

— Pas très, mais costaud. Des épaules larges comme ça, et sous la chemise, des muscles…

— Donc, tu l'as amené à terre et eux sont restés à bord, c'est ça ?

— Oui.

— Il avait des valises ?

— Un petit sac à dos, avec pas grand-chose dedans.

— Et où allait-il ?

— Comment aurais-je pu le savoir ? Je l'ai déposé et il a marché vers la sortie.

Le café était terminé, la conversation aussi. Aurel se leva, tira sur les pans de sa veste.

— Merci, Seydou.

— S'il vous plaît, monsieur le Consul, Je vous ai dit tout ça mais si le patron…

Le jeune homme regardait anxieusement vers le club-house, où les volets, heureusement, étaient toujours fermés.

— N'aie crainte. Je ferai bon usage de tout cela et Ravigot ne saura rien.

Ces paroles prononcées sur un ton digne de Bossuet, Aurel remonta vers la sortie en grimaçant : ses beaux mocassins étaient encore pleins de sable.

*

Le taxi déposa Aurel devant l'ambassade, où son accoutrement et sa mine firent leur effet sur les gendarmes. Pour éviter leurs regards ironiques, il chaussa ses lunettes d'alpiniste, ce qui n'arrangeait rien.

Il trouva une note sur son bureau, déposée la veille par Lemenêtrier. Elle était ainsi rédigée :

« Le Consul Général rentre cette nuit. Demain matin, il tiendra une réunion de service. Si tu ne peux être présent, merci de me préparer une petite synthèse concernant l'affaire Mayères, puisque tu l'as suivie. »

Aurel chiffonna la feuille et la jeta dans la corbeille à papiers. Puis il ouvrit l'ordinateur. Le portrait de Mayères apparut en fond d'écran. Aurel le contempla un long instant : « Tu m'as bien eu, murmura-t-il. Vraiment, tu caches bien ton jeu. Je comprends qu'ils aient eu recours à toi. Mais ne t'inquiète pas. Justice sera faite. Et bientôt. »

Puis il cliqua sur un dossier et la liste des bateaux de passage dans la marina s'ouvrit. C'était une formalité. À ce degré de recoupement, les intuitions deviennent des certitudes. Tout de même, il sentit un petit pincement au cœur en voyant apparaître le nom du *Good Hope* là où il l'attendait. Quatre mois auparavant, en même temps que le *Cork* avec sa cargaison de drogue, juste avant que celui-ci ne soit arraisonné en haute mer par les Français.

Il regarda l'heure : huit heures trente. Il pouvait se permettre d'appeler Jocelyne. Elle était en train de prendre son petit déjeuner sur la terrasse de l'hôtel.

— Vous avez une drôle de voix, Aurel. Vous avez bien dormi ?

— Justement. Voilà ce que je voulais vous dire : je n'ai pas dormi *du tout*. Mais ça n'a pas été inutile. Je crois que nous tenons l'affaire.

— Que voulez-vous dire ?

— J'ai noué à peu près tous les fils.

— Bravo. Racontez-moi !

— Impossible. Et certainement pas au téléphone. Sachez une seule chose. Pour atteindre les assassins, il va falloir… faire éclater le système.

— Soyez plus explicite. Je ne comprends absolument pas ce que vous voulez dire.

— Ça ne fait rien. Vous me faites toujours confiance ?

— Plus que jamais.

— Alors, soyez prête à m'aider ce soir. Prête à tout.

— Comme vous y allez !

Aurel se troubla en se rappelant à qui il parlait.

— Il ne s'agit pas de ça.

— Qu'entendez-vous par « ça » ?

Aurel était au comble de la gêne.

— Arrêtez, gémit-il, s'il vous plaît. Je suis sérieux.

— Excusez-moi.

— Écoutez bien : je vais aller dormir un peu car j'ai besoin de toute ma lucidité ce soir. D'ici là ne bougez pas de l'hôtel, reposez-vous aussi. Mais rejoignez-moi à mon domicile à vingt heures trente.

— Volontiers, mais où est-ce ?

— J'enverrai la voiture vous chercher. Surtout, quand vous entrerez chez moi, ne donnez que votre prénom.

— Que de mystères ! Eh bien, comptez sur moi et dormez bien.

Elle eut un rire frais qui mordit le cœur d'Aurel. Il l'imaginait, les cheveux tenus par un foulard bleu, oui, bleu, car c'était la couleur qui lui allait le mieux, dans l'ombre d'un parasol, le visage illuminé par le reflet du soleil sur la nappe blanche, devant la mer…

Machinalement, il cliqua pour refermer le dossier des Affaires maritimes et le visage de Mayères réapparut, les yeux réprobateurs.

— Excuse-moi, fit Aurel, sincèrement gêné.

Et pour se sentir plus à l'aise, il éteignit l'écran.

Il lui restait une seule chose à faire avant de

rentrer se coucher. L'enjeu était important. Il avait la gorge serrée. Pour la dégager, à défaut de pouvoir ôter le col roulé, il retira la cravate qu'il avait nouée par-dessus. Puis il décrocha le téléphone et se lança.

— Allô, Cortegiani ?... Bien rentré hier soir ?... Merci encore... Je vous dois gros... Sans vous, avec ces loubards... Dites donc, j'ai promis que je vous revaudrais ça... Eh bien, justement, c'est l'occasion. Je viens de recevoir un cadeau de France. Un whisky de première, figurez-vous... Trente ans d'âge. Qu'est-ce que vous en dites ?... Alors, je vous attends à la maison ce soir...

L'interlocuteur marqua un temps. Il fallait qu'il vérifie son agenda. Aurel aurait donné n'importe quoi pour un verre d'eau. L'attente se prolongeait. Il pétrissait une cigarette entre ses doigts et tout à coup le tabac blond s'écoula dans sa main, à travers le papier éventré. Il avait l'impression qu'il allait s'effondrer de fatigue sur le bureau. Enfin un bruit à l'autre bout du fil.

— D'accord, fit le douanier.

— Magnifique ! Vous connaissez mon adresse. C'est là où vous m'avez déposé. Bien... Je vous attends donc à dix-neuf heures.

Sa voix avait déraillé sur les derniers mots mais l'autre au bout du fil avait bien répété : dix-neuf heures.

Tout était en place.

Le temps de régler quelques points au bureau, de rentrer chez lui et de retrouver un peu de calme, Aurel n'avait pas pu s'endormir avant onze heures du matin. Il avait disposé un réveil à côté de son lit, par sécurité, mais il n'en eut pas besoin. À cinq heures moins cinq de l'après-midi, il s'éveillait spontanément.

Il avait un peu plus de deux heures pour se préparer. C'était juste suffisant. Il devait d'abord s'occuper de sa personne, comme un toréador ou un gladiateur. Il prit une longue douche, rasa ses quelques poils en se barbouillant tout le visage de mousse. Il peigna ses cheveux et coupa deux ou trois mèches sur les côtés et derrière, à l'aide d'un petit miroir. Puis il se lima les ongles, s'oignit tout entier d'une crème pour le corps qu'il avait embarquée dans une chambre d'hôtel en Italie pendant ses dernières vacances. Ensuite, il prépara la villa. Le plus gros problème était le mur sur lequel il avait affiché les deux collages concernant Mayères. Il les aurait bien déplacés mais où les mettre ? Il devait les garder sous la main et, en même temps, les rendre invisibles, au moins au début. Finalement, il alla chercher le dessus-de-lit de la chambre d'amis. Il était fait dans un tissu épais, rouge, un peu damassé, qui ressemblait à un rideau de théâtre. Accroché au mur, il cacherait l'affichage et donnerait à la pièce un charme particulier, très Europe centrale, au fond. Il était incongru sous ces latitudes mais collait bien au personnage d'Aurel, surtout ce soir-là. Ensuite, il y avait le piano. Dans la partie qui allait se dérouler, c'était la pièce maîtresse. Aurel le changea plusieurs fois de place et, tout en nage, il finit par trouver l'endroit qui lui convenait : presque au milieu de la pièce, sans aucun obstacle ni à droite, ni à gauche, ni devant, ce qui laissait une grande liberté tactique. Quand il eut terminé ces aménagements, Aurel s'aspergea de parfum. Il se sentait comme un gladiateur qui va entrer dans l'arène pour une lutte à mort. Ce qu'il allait faire était si déraisonnable que cela pouvait s'apparenter sinon à un suicide, du moins à un sabordage. En même temps, il avait la perspective de bien s'amuser et d'accomplir un acte de justice. Tout ce qu'il aimait dans la vie, en somme.

Il choisit une tenue appropriée. Elle devait être sombre (c'était le soir), assez formelle mais pas trop (il était chez lui). Surtout, elle devait le laisser libre de ses mouvements. Il choisit un pantalon de flanelle noire qu'il avait acheté à Linz quelques années auparavant. C'était peu après sa séparation d'avec sa femme et il avait alors beaucoup grossi. Il ne lui avait pas fallu un an pour revenir à son poids habituel ; les vêtements achetés pendant cette période perpétuaient ces souvenirs douloureux. Il les avait presque tous jetés, sauf ce pantalon. Il était beaucoup trop chaud sous ce climat mais cela lui était égal : il était ample et n'entraverait pas ses mouvements, c'était l'essentiel. Il décida d'abord de ne pas mettre de veste. Puis il choisit un blazer bleu sombre croisé qu'il ôterait dès l'arrivée de son hôte, en l'invitant à se mettre à l'aise. Il allait donc rester en chemise pendant presque toute la soirée. La présence de Jocelyne l'incitait à la choisir avec beaucoup de soin. Il tenait à apparaître devant elle sous son meilleur jour. Finalement, il retint une chemise blanche à jabot avec des manches bouffantes. C'était presque une relique. Il la portait à l'époque où il était pianiste dans un music-hall de la place Blanche. La revue s'intitulait *Les Petites Femmes de Versailles*. Les danseurs étaient vêtus comme sous l'Ancien Régime. Pour qu'il soit dans le ton, on l'avait gratifié de cette chemise à la Sganarelle. C'était un assez bon souvenir. Il se trouvait beau, habillé ainsi, et il avait du succès. Une des filles de la troupe lui avait même donné un rendez-vous – qui pouvait savoir ce qui se serait passé s'il avait pu s'y rendre ? Malheureusement, la veille, en rentrant dans sa chambre de bonne au septième étage, il était tombé dans l'escalier. Il avait certes un peu trop bu. Il ne pouvait s'en prendre qu'à lui-même s'il s'était cassé le bras. Mis à la porte du music-hall, il ne conserva de

242

cette parenthèse heureuse que la chemise. Elle avait à peine jauni. Le drap dans lequel elle était coupée était d'excellente qualité. Il l'enfila et se regarda dans la glace. Il n'avait plus vingt ans, certes, mais elle lui donnait toujours cet air à la fois sentimental et libertin qui faisait, à ses yeux, tout le charme du XVIIIe siècle. Ses invités trouveraient peut-être cela bizarre. Mais il était habitué à ne pas tenir compte des conventions et à composer lui-même ses décrets d'élégance.

Ces questions réglées, restaient des détails moins importants, quoique en la matière, comme le lui avaient enseigné les Japonais, « chaque poil du lion est un lion » : les verres, la bouteille de whisky, un bol de pistaches et deux bougies neuves sur le piano.

À dix-huit heures trente, tout était prêt. Il se servit un verre de tokay bien frais, s'assit sur le canapé du salon et attendit, en répétant son rôle.

*

Il avait dû s'assoupir parce que la sonnette lui fit faire un bond sur le canapé. Un bref coup d'œil tout autour pour voir si rien ne manquait, et il alla ouvrir.

Il faisait nuit et le porche était mal éclairé. Cortegiani, la tête dans les épaules, salua d'un grognement et entra. Aurel se plaça derrière lui et insista pour prendre sa veste. Quand il eut suspendu les vêtements dans le placard, il revint vers son invité et trouva celui-ci occupé à examiner le décor. La tenture rouge, les bougies sur le piano, la bouteille devant le canapé avec deux verres, le douanier se demandait visiblement ce qui l'attendait. En découvrant Aurel en pleine lumière, il le détailla des pieds à la tête. Avec sa chemise à jabot, ses cheveux laqués et l'odeur de parfum qu'il dégageait, le Consul formait un violent contraste avec le douanier mal fagoté qui sortait du bureau.

Cortegiani regardait droit devant lui en reniflant bruyamment, comme un taureau qui va charger. Aurel se rendit compte tout à coup du malentendu qui pouvait s'installer. Il avait pensé à beaucoup de choses, à tout, croyait-il. Mais cette réaction-là, il ne l'avait pas prévue.

— Une amie va nous rejoindre un peu plus tard, dit-il précipitamment, pour lever toute ambiguïté.

Hélas, si cette information rassurait le douanier sur un point, elle éveillait une autre sorte de méfiance.

— Une amie ? Et qui cela ?

Habitué à traiter avec les mafias, il connaissait, au moins sur le papier, toutes les ruses dont elles sont capables pour compromettre les agents chargés de les réprimer. Il se demandait s'il n'avait pas eu tort de se confier à cet Aurel.

Un original pareil devait, lui, tomber dans tous les panneaux et il pouvait, consciemment ou à son insu, servir d'instrument à une provocation.

— Une touriste française de passage, dit Aurel. N'ayez pas d'inquiétude. Une femme charmante et discrète.

Cortegiani lui jeta un regard soupçonneux mais il se détendit. Après tout, il serait temps d'aviser quand cette créature apparaîtrait.

— C'est pas mal, chez vous.

— Merci. Vous êtes bien aimable. Je traîne quelques babioles.

Le douanier faisait le tour du salon en s'arrêtant sur les livres, les tableaux.

— Vous aimez Klimt ? demanda Aurel avec empressement.

— Connais pas trop tout ça. Mais c'est joli.

« Joli. » S'il n'avait pas su ce qui se préparait ensuite, Aurel aurait jeté ce rustre dehors. Mais il se calma : « Tous les péchés seront comptés. Et le châtiment s'abattra sur les coupables. »

— Alors, on l'attaque, ce whisky ? s'exclama-t-il gaiement, en entraînant le visiteur vers le centre de la pièce.

— Volontiers. Faites voir. Ah ! Un Edradour trente ans d'âge. Je connais. Vous avez bien choisi.

— Vous n'en savez rien.

— Comment, se récria le douanier. Mais je vous dis que je connais. C'est la plus petite distillerie d'Écosse. Du cousu main. Je ne sais pas, d'ailleurs, comment vous avez réussi à en avoir.

— Vous connaissez peut-être l'Edradour mais vous n'avez pas encore goûté *le mien,* dit Aurel avec les intonations yiddish du vieux rabbin qui habitait la maison d'en face quand il avait douze ans.

Il avait saisi la bouteille et, toujours en grimaçant gaiement, il la déboucha. Il en versa généreusement dans le verre de Cortegiani et le lui tendit.

— Merci. Et vous ?

— Non, le whisky est pour vous. Mon médecin me recommande plutôt le blanc.

Il vit de nouveau passer une ombre de soupçon dans les yeux de son invité. S'imaginait-il qu'on allait l'empoisonner ? Pour vaincre cette dernière résistance, Aurel se versa un fond de whisky.

— Une goutte pour trinquer, alors. Mais le reste, parole, c'est pour vous ; après, je repasse au blanc.

Une fois le douanier mis en confiance, Aurel comptait sur ses capacités pour le distraire et lui faire tout à fait oublier ses préventions. Il avait exercé pendant des années ce métier d'amuseur et savait accompagner le relâchement, l'excitation, l'hilarité de ses clients sans jamais abandonner ni sa propre lucidité ni son fond de mélancolie. Il convoqua tous ses talents pour dépouiller Cortegiani de sa raideur et pour lui faire abandonner ses défenses.

— Alors, comment le trouvez-vous, mon whisky ?

— Une merveille.

— Vous dites ça alors que vous en avez à peine bu ! Tenez, je vous en ressers un verre.

— Merci, merci !

Ensuite était venue la question attendue.

— Vous jouez du piano ? avait demandé le douanier.

Aurel avait bien fait de le tirer au milieu de la pièce. Qui sait si ce balourd l'aurait remarqué sans cela…

— J'ai été pianiste dans mon jeune temps.

— Vraiment ? Des concerts, tout ça ?

— Non, fit modestement Aurel. Plutôt du café-concert… Tenez, demandez-moi un air, n'importe lequel, celui que vous aimez.

— Je n'ai pas d'idée. Attendez…

— Cherchez bien.

Jusque-là, dans ce tête-à-tête, le douanier avait perdu l'habitude de faire attendre interminablement ses réponses. Il avait été possible de tenir avec lui une conversation à peu près normale. Mais, avec cette question, il était de nouveau entré en lui-même, immobile, absent, ailleurs.

Aurel, qui s'agitait devant le piano, allait lui

faire des suggestions, quand, finalement, Cortegiani déclara gravement :

— *Bella Ciao*.

— *Bella Ciao* ?

— Oui.

Le douanier avait baissé les yeux, comme s'il
avait fait une sortie indécente.

— Eh bien, certainement.

Aurel pivota sur le tabouret et commença à
jouer. Il mit quelques secondes à se caler mais
ça y était : *Bella Ciao* avait envahi la pièce.

*Una mattina, mi son svegliato, o bella ciao, bella
ciao, bella ciao, ciao, ciao…*

La voix d'Aurel était plus grave que sa cor-
pulence ne l'aurait laissé supposer. Il chantait
presque dans le registre d'un baryton. Mais un
baryton agité, qui sautait sur son tabouret et
haussait le col quand il essayait de partir dans
les aigus.

Au troisième couplet, Cortegiani s'y était mis.

— *E se io muoio da partigiano*, beuglait-il, *tu mi
devi seppellir*.

Il battit des mains comme un enfant quand la
chanson se termina.

— Autre chose ? demanda Aurel, en prenant
soin de recharger le verre de whisky.

— Vous connaissez *Georgia on My Mind* ?

— Si je connais ? Mais c'est moi, Ray Charles !

Aurel saisit ses lunettes de glacier qui traînaient sur une console et alla se rasseoir au

piano. Il joua en se tenant en arrière et en regardant en l'air.

Georgia, Georgia,
The whole day through
Just an old sweet song
Keeps Georgia on my mind.

Cortegiani avait un peu plus de mal à suivre des paroles anglaises, mais il braillait le refrain sans retenue. Aurel faisait des mimiques impayables, comme s'il exprimait toute la douleur du pauvre chanteur aveugle. Il se mit à improviser sur le thème, à déformer la mélodie, à ralentir et à prendre une voix caverneuse ou à accélérer sur un rythme jazz endiablé. L'autre battait des mains et riait de plus en plus fort. La bouteille de whisky descendait régulièrement. Aurel, heureusement, en avait prévu deux autres.

Tout à coup, la sonnette retentit.

— Vous pouvez aller ouvrir, s'il vous plaît ?

Aurel s'était lancé dans une impro et ne voulait surtout pas laisser retomber l'ambiance.

Le douanier se leva et alla ouvrir la porte. Jocelyne Mayères entra. Elle était vêtue d'un jean noir très bien coupé qui la mettait en valeur. Sur son tee-shirt, un semis de petites étoiles dorées dessinait une tête de chat,

Cortegiani se serait sûrement troublé devant elle, mais, passablement entamé par le whisky et dans cette ambiance de music-hall, il la salua avec une ébauche maladroite de sourire.

— Jocelyne, fit-elle, en lui tendant la main.

— Norbert.

« Tiens, pensa Aurel, je ne connaissais même pas son prénom. » Et aussitôt, il se mit à improviser sur l'air de *Ring my Bell.*

Norbert fait entrer la belle
Ring my bell
Oui, la belle.

— Eh bien, dites donc, Aurel, il y a de l'ambiance.

— On n'attendait plus que vous pour danser, mon amie. Servez-vous à boire. Et servez Norbert aussi, s'il vous plaît. Il n'a rien bu.

Jocelyne remplit le verre de Cortegiani et se versa du vin blanc. Elle s'approcha d'Aurel qui se déchaînait toujours sur le piano et elle allait remplir son verre quand il lui fit signe que c'était inutile. Le regard qu'il lui lança était si froid, si maîtrisé et contrastait tellement avec l'agitation désordonnée à laquelle il prétendait se livrer qu'elle marqua un temps d'arrêt. D'un mouvement de menton, il désigna le douanier qui tenait son verre dans la main et battait mollement la mesure avec le pied. Il avait l'air un peu sonné, les yeux dans le vide, les bajoues pendantes.

— Tout va bien, Norbert ? cria Aurel.

— Oui ! Mais… Excusez-moi… Où est-ce que je pourrais… me laver les mains ?

— Au fond du couloir à droite, comme partout.

Cortegiani se leva, tituba le long du corridor obscur et disparut derrière la porte des toilettes. Sans cesser de jouer, Aurel fit signe à Jocelyne d'approcher et il lui parla à l'oreille.

— Quand il revient, ce sera le moment. Faites exactement ce que je vous dirai.

XI

Cortegiani était revenu s'asseoir. Il avait dû s'asperger le visage et semblait un peu plus éveillé. Jocelyne avait rempli son verre et elle insista pour qu'il le vide.

Aurel redoublait d'enthousiasme au piano. Il chanta une de ses compositions : musique, genre valse hongroise, et paroles sans queue ni tête.

Le douanier se tassait sur le canapé. Jocelyne se demandait vraiment dans quoi elle était tombée. Il était l'heure de passer à l'action.

— Vous savez jouer du piano, Cortegiani ? lança Aurel.

— Heu, quoi, moi ?

— Oui, du piano.

— Non, non, fit le douanier en secouant le bras, comme si un vendeur de rue lui avait proposé une marchandise dont il ne voulait pas.

— Je suis sûr que si, pourtant. C'est très facile, regardez.

Aurel faisait danser ses doigts sur le clavier d'os, en répétant un accord simple dans différentes octaves.

— Asseyez-vous ici, à côté de moi. Je vais vous montrer.

— Non, non. Ça va comme ça, merci.

— Oh, si ! Monsieur Cortegiani, s'il vous plaît, allez-y, insista Jocelyne à qui Aurel avait fait un signe.

Le douanier résistait plus mal à une sollicitation féminine. Quand Jocelyne le prit par le bras, il ne trouva plus la force de s'opposer. En ricanant, pour montrer qu'il ne prenait pas tout cela au sérieux, il se leva et alla s'asseoir sur le large tabouret de piano, en restant à distance d'Aurel, sur son côté gauche.

— Et alors, maintenant ?

— Nous allons jouer *Rock around the Clock*. Vous connaissez ? Vous avez dû danser là-dessus dans votre jeune temps.

Aurel joua la mélodie à toute vitesse avec la main droite.

— Bon, bon.

— Vous, vous allez faire la basse. C'est vous qui donnerez le rythme.

Il plaça un accord avec sa main gauche puis il le frappa comme s'il battait la mesure. Cortegiani haussa les épaules.

— Comment voulez-vous que…

— Mettez vos mains sur le clavier. Les deux.

Oui. Et regardez, avec les doigts, vous prenez ces deux blanches et cette noire.

Cortegiani se laissa faire tandis qu'Aurel lui écartait les doigts.

— Essayez de taper en rythme.

Miracle : les basses de *Rock around the Clock* jaillissaient du piano.

— Continuez. Avec l'autre main aussi. Oui ! Oui !

Sur ce fond grave, Aurel fit danser la mélodie avec sa main droite. L'ensemble tenait à peu près debout. Cortegiani riait comme un gosse.

— Vous voyez ? Vous voyez ? Vous êtes doué, mon vieux ! Allez, on reprend.

Le douanier était plus convaincu, cette fois. Il se redressa, posa ses mains bien à plat sur les touches. Aurel jeta un coup d'œil à Jocelyne et il y mit une telle froideur qu'elle se figea. Tout se déroula alors en un instant.

Au moment où Cortegiani s'attendait à voir Aurel se remettre à jouer, celui-ci bondit et se leva. D'un bref mouvement, il ferma le couvercle du clavier qui s'abattit comme une guillotine de bois sur les mains du douanier étendues sur les touches. Et d'un bond, Aurel s'assit de tout son poids sur le couvercle. Cortegiani poussa un hurlement.

— Mais enfin… hasarda Jocelyne.

— Laissez-moi faire. Ne bougez surtout pas.

Aurel avait changé de visage. Avec un rictus

démoniaque et des yeux brillants de lucidité, il se pencha vers le douanier.

— Il t'a appelé le dernier jour ?

La douleur était si forte qu'elle avait entraîné une brève syncope : Cortegiani, les mains toujours coincées dans le piano, piquait du nez. Aurel, impitoyable, sauta sur son séant pour augmenter la pression de la mâchoire de bois et le réveiller.

— Je t'ai posé une question. Est-ce que Mayères t'a appelé le jour de sa mort ?

— Mayères ?

— Oui, Mayères.

— Je… je… lâchez… mes mains… Ah ! Ah ! je vous en supplie…

À mesure qu'il sortait de sa torpeur, la douleur revenait, insupportable, et lui arrachait d'horribles cris.

— Oui ou non ?

— Ah ! Ah ! Mes mains…

Pour tout encouragement, Aurel sauta une fois de plus sur le couvercle.

— Oui… Oui… Mais lâchez-moi. Ah !

— Et tu savais pourquoi il t'appelait, hein ?

— Oui, je le savais. Ho ! Ah ! Mes mains.

— Et tu ne lui as pas répondu.

— Non. Ah !

— Jocelyne, fouillez ses poches. Regardez s'il n'a pas d'arme et prenez son portable.

En entendant son nom, Jocelyne fut ramenée à elle. Elle contemplait cette scène avec horreur et fascination. Tout était si soudain, si inattendu, si brutal que cela paraissait irréel.

— Ses poches, bredouilla-t-elle en reprenant ses esprits. Oui. D'accord.

Elle palpa la chemise du douanier sur la poitrine, les aisselles, le dos et jusqu'à la taille.

— Il n'est pas armé.

— Tiens, fit Aurel, un peu déçu. J'aurais cru. Il est vrai qu'on est en dehors des heures de service… Et le téléphone.

— Rien sur lui.

— Allez voir sa veste. Elle est pendue dans l'entrée.

Jocelyne alla jusqu'à l'entrée, chercha dans la veste et revint avec un smartphone noir, revêtu d'une coque en imitation cuir très usée.

— Le code ?

Cortegiani était concentré sur sa douleur. Il bougeait le moins possible pour la contenir. Tout mouvement de ses doigts prisonniers le faisait affreusement souffrir. Aurel n'avait plus besoin de sauter lourdement : un petit mouvement de ses fesses, en cisaillant les phalanges écrasées, tirait des cris à son prisonnier.

— Le code ? répéta-t-il.

— Scotch12.

— Tout bêtement ! Même pas une marque ? ricana Aurel.

Il avait allumé l'appareil et inscrit le code. L'écran apparut, avec toutes les applications.

— À la bonne heure. Tu as pensé à faire disparaître le portable de Mayères mais tu n'avais jamais imaginé que quelqu'un regarderait dans le tien… Voyons la liste des appels. C'est curieux mais c'est un truc que l'on n'efface jamais. On a tort, parfois… Voilà : le jour de la mort de Mayères. Oh la la ! Pas mal d'appels. Jocelyne, vous avez le numéro de Jacques ? Non, ce ne sera pas la peine : je vois son nom dans le répertoire.

Puis, se tournant vers le douanier :

— Bien sûr, vos relations n'étaient pas secrètes, à cause du Cercle…

Cortegiani ne réagissait plus. Jocelyne se demandait si toutes ces émotions n'avaient pas fait lâcher son cœur.

— Aurel, attention. Il n'a pas l'air bien.

— Qui ça ? Notre gabelou ? Allons donc !

Mais il jeta un coup d'œil vers le visage du douanier et il vit en effet qu'il montrait des signes inquiétants.

— Bon, on va le libérer puisque vous prenez sa défense. De toute façon, il n'ira pas bien loin dans cet état.

Aurel se mit debout et releva le couvercle. Cortegiani ôta ses mains du clavier. Elles étaient déformées et bleues. Le bas des premières phalanges à droite avait été entaillé par la plaque de cuivre de la serrure et elles saignaient.

Cortegiani souleva les coudes et plaça ses

mains à la hauteur du visage. Il écarquilla les yeux et se mit à sangloter.

— Maintenant, dit Jocelyne en fixant Aurel, vous allez m'expliquer.

— *Nous* allons vous expliquer, dit-il en se servant un verre de vin.

Il le but avidement. Pendant toute l'opération, il s'était efforcé de rester à jeun et maintenant la tension retombait un peu. Il s'affala dans un fauteuil et croisa les jambes. Jocelyne était assise du bout des fesses sur le canapé. Cortegiani, sur le tabouret de piano, tassé sur lui-même, sanglotait toujours en regardant ses mains.

— Je me suis trompé sur votre frère, croyez-moi. Je croyais qu'il avait peur. Erreur ! C'est seulement le dernier jour qu'il a eu peur. Et il a imploré l'aide de mon élève de solfège ici présent…

— Ne soyez pas cynique, Aurel.

— Vous avez raison. Excusez-moi.

Il se redressa dans son fauteuil et se pencha vers Jocelyne.

— Votre frère était un héros, madame. En tout cas, il voulait en être un. Vous me l'avez dit vous-même. Je ne vous ai pas assez écoutée.

— C'est notre frère aîné qui était un héros. Pas Jacques, que je sache.

— Parce qu'il n'a pas pu. Parce qu'il a dû reprendre l'entreprise familiale ; parce qu'il s'est marié à une femme qui l'a mis au travail comme un bœuf. Mais même ça, c'était la preuve d'une volonté de sacrifice.

— J'en suis bien consciente.

— Sauf que le martyre dans les affaires, ce n'est pas le martyre. Votre frère aîné a pris une balle dans son casque. Tandis que Jacques, sa seule punition a été de gagner de l'argent. Beaucoup d'argent. Toujours plus d'argent. Ça peut combler un ambitieux ; ça ne calme pas des désirs d'héroïsme.

— En ce cas, il aurait dû changer de vie beaucoup plus tôt. Pourquoi attendre soixante-cinq ans ?

— Il l'aurait fait, sans doute. Mais il y avait sa fille. Un autre calvaire. Un autre sacrifice. Comment qualifier sa conduite à son égard ? J'ai lu les lettres qu'il lui a envoyées. Il l'a accompagnée jusqu'au bout. Et je dis, moi, qu'il a été héroïque.

— Sans doute.

Aurel leva le doigt comme pour formuler une objection.

— Sauf ! Sauf que ce combat-là n'était pas le sien, mais celui de sa fille. Il a été héroïque, peut-être, mais c'est sa fille qui est morte.

— Il n'y a pas besoin de mourir pour être un héros.

— Non. Mais mettez-vous à sa place. Il a lutté et il a été incapable de sauver cette enfant. Il a accumulé une haine terrible contre ceux qui la lui ont prise : les copains, les autres toxicos, les dealers. Surtout les dealers. Alors, il s'est dit : il est temps de livrer un vrai combat. Comme mon frère. Plus de faux-semblants, l'entreprise, le business, tout ça ; plus de bagarres par procuration, caché derrière ma fille. J'y vais et je m'engage.

— J'y vais, où ?

— C'est tout à fait le problème. Dans le monde où il avait vécu jusque-là, il ne pouvait pas trouver de combat comme ceux qu'il cherchait désormais. Il n'a jamais fréquenté, que je sache, de dealers ni de trafiquants. Et les petits délinquants qui fournissaient sa fille étaient des cibles dérisoires, à supposer qu'il les ait connus. Il lui fallait partir, viser plus loin et plus haut. C'est là qu'il a pensé au bateau.

— Donc, vous ne croyez pas qu'il soit parti naviguer pour profiter de la vie, comme il l'a dit à ses amis ?

— Vous avez gobé ça, vous ? Souvenez-vous, quand vous êtes allée à la marina, vous m'avez dit : « Comment a-t-il fait pour supporter cette oisiveté ? » Ce n'était pas un homme à rêver d'inaction et de tranquillité. Pas le genre à se ramollir sous les cocotiers.

— À votre avis, il est venu ici dans un but précis ?

— Je l'ignore. Peut-être s'est-il renseigné sur le trafic de drogue et ses routes maritimes. Peut-être a-t-il découvert la réputation de cette marina par hasard, en y arrivant. Le fait est que, quand il a compris où il était, il est resté et il a cherché à s'engager. C'est alors qu'il a rencontré le personnage ici présent.

Cortegiani était toujours immobile. Il avait posé ses mains sur ses genoux. Il semblait se tasser sur lui-même et s'abstraire du monde, pour oublier ses douleurs. Aurel l'apostropha :

— Et il va nous raconter la suite.

Le douanier sursauta, fit une grimace.

— Votre frère, reprit Aurel, a multiplié les contacts, pour essayer de trouver un interlocuteur utile. Ce n'étaient pas les soûlographes de la marina qui pouvaient l'aider. Alors, il s'est inscrit au Cercle et a pris part aux réunions de l'association du Mérite. Un repaire de notables, parmi lesquels on comptait beaucoup de militaires, de policiers, de barbouzes.

Puis, regardant le douanier :

— C'est lui qui est venu vers toi ou c'est toi qui l'as repéré ?

Cortegiani mit un certain temps à comprendre que la question s'adressait à lui.

— C'est moi.

— Forcément, une perle comme ça, tu ne pouvais pas la laisser échapper. Comment est-ce que ça s'est passé ?

Le douanier fit une grimace, comme si cet interrogatoire le dérangeait, concentré qu'il était sur ses doigts meurtris.

— Comment ça s'est passé ? cria Aurel.

— Il avait parlé à Marcelly de sa fille…

— Plus fort !

— Mayères avait fait des confidences à Marcelly sur la mort de sa fille.

— Et le vieil avocat te l'a dit. Il doit te servir de rabatteur…

— Un peu.

— Alors, tu es allé vers ce Mayères…

— D'abord, il y a eu sa conférence sur la guerre d'Algérie.

— Tu y étais ?

— Oui. Il avait les yeux brillants quand il parlait de l'héroïsme de l'armée, de son frère tombé sous le feu, tout ça…

— C'est bon, on a compris. Du gâteau : on ne peut même pas dire que tu te sois donné du mal pour le recruter. Il s'est jeté tout seul dans la gueule du loup.

— Exactement, s'insurgea le douanier. Et je ne vois pas ce qu'on peut me reprocher…

Ce bref sursaut l'avait épuisé. Il se recroquevillait de nouveau sur lui-même et deux larmes lui venaient.

— On ne te reproche rien pour le moment. On t'écoute. Ensuite ?

Cortegiani poussa un soupir excédé. Il n'avait qu'une envie : qu'on le laisse tranquille, mais il voyait bien qu'Aurel n'avait aucune intention de le lâcher.

— Ensuite, continua-t-il d'une voix faible, on avait besoin de quelqu'un pour observer les bateaux, sur la marina.

— Ravigot, le patron du club-house, ne travaille pas déjà pour toi ?

— Si, mais de sa terrasse on ne voit pas tout le bassin. Et puis, la nuit, il est soûl. Il dort.

— Tandis que Mayères, lui, c'était un bon petit soldat, j'imagine. C'est toi qui lui as dit de faire percer un hublot dans sa coque ?

— Oui.

— Pour quoi faire ?

— Pour observer les mouvements dans la marina.

— Il avait des optiques, des caméras, des micros ?

— On lui a fourni ce qu'il fallait.

— Et la nuit, il pouvait observer aussi ?

— Il avait un équipement infrarouge.

— Bizarre, on n'a rien retrouvé dans le bateau.

— J'ai tout enlevé quand je suis passé après sa mort.

— Ben voyons. Et c'est toi qui as pris son téléphone aussi ?

— Je l'ai trouvé derrière un coffre au pied du mât, alors…

— Alors tu as fait du rangement. Tu n'aimes pas les choses qui traînent. Je vois.

Aurel se leva et Cortegiani eut un mouvement de recul.

— T'inquiète pas. Je ne vais pas te frapper, dit Aurel avec un ricanement.

Il alla jusqu'à la tenture rouge qu'il avait fixée et la retira. Les deux reconstitutions apparurent : Mayères dans sa toile d'araignée familiale et Mayères sur son bateau au milieu de la marina.

— Dites donc, Aurel, vous avez bien travaillé.

Jocelyne s'était levée à son tour et, en s'approchant du mur, elle déchiffrait les papiers qu'Aurel y avait épinglés.

— Sauf que vous m'avez oubliée sur le schéma de la famille.

Il se troubla et rougit.

— Je vous taquine. Continuez.

En revenant à Cortegiani, Aurel retrouva toute son assurance.

— Donc, Mayères s'est mis à travailler pour toi, avec son petit matériel. Tel que je l'imagine, il devait fournir des rapports impeccables.

— Oui, il travaillait bien.

— Et toi, tu l'encourageais. Comme tu avais son dossier sous le bras, tu savais où il fallait le flatter. Tu lui parlais de sa fille, de ces salauds qui inondent l'Europe de cocaïne, tu commandais des livres sur la guerre d'Algérie par Internet et tu les lui passais. C'est comme ça qu'ils font, ajouta Aurel à l'adresse de Jocelyne. C'est comme ça qu'ils paient les pauvres bougres qui se mettent en première ligne pour eux. Des bonnes paroles mais pas un rond.

— Il n'en avait pas besoin, de ronds, se rebella faiblement Cortegiani. Il en avait plein son coffre.

— Qu'il en ait eu ou pas, le problème n'est pas là. Pour vous, ces agents, ce sont des marionnettes, du bétail. Il faut savoir ce qu'ils mangent et leur en donner. De toute façon, à la fin, c'est eux qu'on bouffera.

Quand il était arrivé à l'Ouest, Aurel avait été pris en main brièvement par la DST. Les services français voulaient lui faire espionner la diaspora roumaine. Il avait eu tout loisir d'observer leurs méthodes. Au début, leur pression était assez modérée mais il avait rapidement pris ses distances et, là, les relations s'étaient tendues. Il avait connu les menaces, le chantage aux documents administratifs, la surveillance. Ils ne l'avaient lâché qu'après son mariage et son entrée dans la diplomatie.

— Et c'est comme ça, reprit-il, que vous avez repéré le *Cork* ?

— Oui.

— Donne-moi des détails, ça m'intéresse.

Avec le retour du sang dans les vaisseaux, les mains de Cortegiani commençaient à enfler. La peau violacée était lisse et luisante, tendue par l'œdème. On aurait dit deux gants de boxe. Il les regardait comme si elles ne lui appartenaient plus.

— Des détails ?

On sentait que parler lui coûtait beaucoup d'efforts.

— Oui.

— Ben, on avait un renseignement américain. Un voilier, qui s'appelait le *Sea-Breeze* et qui venait des Açores. À Carthagène, les Colombiens avaient chargé ses fonds avec cinq cents kilos de cocaïne. On le traçait. Souvent, quand ils arrivent en Afrique, pour brouiller les pistes, ils transfèrent le chargement sur un autre bateau.

Cortegiani parlait lentement. Il fallait lui arracher les mots. Mais chaque fois qu'il s'arrêtait, Aurel braquait sur lui des yeux sans pitié et il prenait peur.

— Ça se fait rarement en haute mer parce que ça se repère bien et qu'on peut les arraisonner. Ils préfèrent opérer dans un port, la nuit. Cette fois-là, ils ont choisi la marina de Conakry, qui est assez discrète.

— Donc, ils ont transféré la dope du *Sea-Breeze* sur le *Cork* ?

— Oui.

— Et Mayères a tout vu. Tout photographié.

— Oui.

— Alors ?

— Alors, vous le savez.

— J'aime bien que ça soit toi qui racontes.

— On a collé une balise sous le *Cork* et quand il est arrivé dans les eaux internationales, on l'a intercepté et on a saisi sa cargaison.

Le douanier termina sa phrase dans un soupir, comme si ces derniers mots l'avaient fait
aller au bout de ses forces. Jocelyne le prit en
pitié mais Aurel semblait n'avoir aucune intention de s'en tenir là.

— Sauf que le *Cork* n'était pas tout seul,
glapit-il.

Il se tourna vers Jocelyne car c'était à elle que
ses explications s'adressaient.

— Les trafiquants sont méfiants, vous savez. Ils
ne prennent pas le risque de confier comme ça
leur marchandise, des fois qu'il viendrait à l'idée
des passeurs de disparaître avec. Ils mettent toujours un ou plusieurs bateaux suiveurs. En apparence, ces mouchards n'ont rien à voir avec le
bateau qu'ils surveillent. Ils voyagent séparément
et leurs équipages ne communiquent pas. Le
bateau qui est surveillé ne sait souvent même
pas qui est son « ange gardien ».

— Je l'ignorais.

— Vous l'ignoriez. Mais lui, non. Hein, Cortegiani, tu le savais bien ?

— Oui.

— Jacques, votre frère, ne le savait pas non
plus, probablement. Mais, comme c'était un
homme méthodique, il l'a découvert tout seul,
pas vrai ?

— Si.

— Raconte un peu.

Le douanier gémit.

— Rien. Il a dit qu'il avait relevé de petits indices qui lui faisaient penser qu'il y avait un lien.

— Un lien entre le *Cork* et un voilier sud-africain appelé… ? Appelé… ?

— Le *Good Hope*.

— À la bonne heure, dit Aurel en tapotant l'épaule du douanier.

Ce simple geste lui arracha une grimace car ses bras tout entiers étaient endoloris.

— Je vous résume la suite, ma chère Joce-lyne, pour que vous compreniez bien où je veux en venir. Les trafiquants ont perdu une grosse somme avec l'arraisonnement du *Cork*. Ils ont fait leur enquête, probablement, pour comprendre où leur opération avait été repérée et par qui. Je ne sais pas comment ils s'y sont pris mais ils ont rapidement trouvé le responsable : c'était le *Tlemcen*, avec son skipper solitaire.

— Et ils ont décidé de l'éliminer…

— Pas seulement de l'éliminer lui mais d'ôter à quiconque l'envie de faire la même chose. L'idée, c'était de le supprimer d'une manière suffisamment spectaculaire pour que cela serve d'exemple à tous ceux qui, de près ou de loin, auraient pu être tentés de l'imiter.

— D'où le mât.

— Exactement.

Jocelyne et Aurel tournèrent ensemble leur regard vers le mur et fixèrent Mayères.

— Pauvre Jacques, dit sa sœur.

Elle semblait prendre conscience tout à coup que c'était son frère qui avait été traité de façon aussi cruelle et dégradante.

— Surtout qu'il a compris ce qui allait lui arriver.

— Vous voulez dire qu'il a su qu'on allait le tuer ?

Aurel fit un semblant de révérence vers le douanier.

— C'est là que notre ami a montré toute sa grandeur d'âme. N'est-ce pas, Cortegiani ?

Et, se tournant vers Jocelyne :

— Oui, Jacques Mayères savait ce qui se passait. Quand il a vu le *Good Hope* entrer dans la marina, il a eu une vision immédiate et très claire de la suite.

— Ce bateau pouvait repasser par là sans s'attaquer à lui, objecta Jocelyne.

— Il pouvait, il aurait pu. Vous avez raison. Mais dès son arrivée, Mayères a compris que ce n'était pas cela. D'abord, le *Good Hope* était venu seul. Il n'accompagnait aucun bateau, tous ceux qui étaient là séjournaient à Conakry depuis longtemps. Il n'avait aucune raison technique non plus de s'arrêter. Il venait de Dakar, qui est tout près, et n'avait besoin ni de vivres, ni d'eau, ni de carburant. Et puis regardez le plan de la marina...

Il s'approcha du mur.

— Ici, vous avez les bateaux au mouillage, tous regroupés, et là celui de Mayères. Le *Good Hope* n'est pas allé se mettre à l'ancre avec les autres. Il s'est arrêté ici, devant le *Tlemcen.* Il y avait déjà quelque chose de menaçant dans cette position.

Aurel recula pour évaluer le schéma qu'il avait tracé au mur et il le contempla, son verre de blanc à la main, un peu penché en arrière, comme un amateur d'art à un vernissage.

— Mais surtout, il connaissait l'équipage : il l'avait observé longuement à son premier passage. Il l'avait épié, photographié, peut-être même écouté, si notre ami lui avait confié un micro spécial. Il savait qu'il se composait de deux personnes : un couple de Sud-Africains. C'étaient eux qui s'étaient déclarés sur les registres du port lors de leur premier passage.

— Et alors, ce n'étaient plus les mêmes ?

— Si. Mais cette fois ils étaient trois. Et ce troisième homme l'inquiétait beaucoup.

— Pourquoi ?

— Parce qu'il ne collait pas avec l'aspect habituel du *Good Hope.* Les gens qui sont impliqués dans ces trafics sont de deux sortes et nos amis des douanes le savent. Il y a les mafieux, les gangs colombiens, la pègre des narcos : ceux-là se cachent et tirent les ficelles. On ne les voit jamais. Et puis il y a ceux qui sont utilisés pour transporter la marchandise, et ceux-là on doit leur donner le Bon Dieu sans confession. L'équipage du *Good Hope*, c'était ça : un petit couple propret, qui cabotait autour de l'Afrique pour sa lune de miel.

— Et le troisième homme ?

— Justement, lui, il appartenait à l'autre monde, le monde violent qui se cache d'habitude. Sauf que là, ce n'était pas une mission de passeur, mais autre chose.

Aurel but une longue rasade de son vin blanc.

— Autre chose, oui, ajouta-t-il en faisant une grimace car le breuvage avait tiédi dans sa main. Une exécution.

— Allons, soyez plus clair. Qui était ce troisième homme ?

— Je n'en sais rien précisément. Tout porte à penser que c'était un tueur envoyé exprès par les narcos colombiens et qui sortait de leurs rangs. Un homme de main, en tout cas, avec un visage d'Indien, un corps athlétique et rien qui le prédisposait à jouer le rôle de chevalier servant pour un petit couple *just married*.

— Comme savez-vous tout cela ?

— Parce que nos trois personnages ont fait appel à un jeune Guinéen que je connais un peu pour conduire le visiteur à terre avant le départ du bateau. Et très vraisemblablement c'est ce même homme qui est revenu à la nuit tombée et a emprunté l'esquif qui l'avait amené jusqu'au rivage. Il a attendu que Mame Fatim parte avec son petit ami et il est allé accomplir sa sale besogne.

— Mais puisque Jacques les avait repérés, il devait être sur ses gardes.

— Il aurait dû mais la gamine lui avait versé des somnifères, rappelle-toi.

De nouveau, ils regardèrent Mayères, comme si le fait d'avoir compris ce qui lui était arrivé pouvait encore le sauver.

— Le pauvre devait être épuisé. Depuis deux jours que le *Good Hope* était là, il était sur la brèche. Il l'observait jour et nuit. Et il appelait à l'aide. Vous avez compté sur le téléphone de Cortegiani : au moins trente appels.

— Mais que demandait-il ?

— Passez-moi cet appareil, s'il vous plaît. Le code, déjà ? Ah oui. Scotch12. Voyons voir. Si ça se trouve, il n'a pas effacé les messages. Je me demande si le monsieur ici présent ne jouissait pas en entendant ce genre d'appels. Peut-être qu'il se les garde pour pouvoir les réécouter. Hein, Cortegiani ?

Mais le douanier, affalé sur son siège, ne répondait plus.

— Tenez. Qu'est-ce que je vous disais ? Les appels sont là. Voyons voir.

Aurel mit le haut-parleur et actionna le voyant de lecture. Une tonalité « occupé » retentit.

— Dommage. Celui-là était vide. Le pauvre

Mayères ne devait pas parler à tous les coups. On va en essayer un autre.

Trois messages sans paroles défilèrent. Enfin, au quatrième, la voix de Jacques Mayères retentit et emplit la pièce. Machinalement, tous se tournèrent vers la photo.

« C'est moi, Max. Toujours moi. Il faut absolument que je vous parle. Absolument, vous comprenez. Ils préparent quelque chose de mauvais. Je les tiens à l'œil mais je ne peux pas rester vigilant vingt-quatre heures sur vingt-quatre. Ils m'ont grillé. J'en suis sûr. Ce sont les mêmes qu'au moment du *Cork*. »

— Assez explicite, non ? fit Aurel quand le message prit fin. Un autre.

Il chercha et appuya au hasard.

« L'Indien me regarde avec des jumelles. Il est caché dans une cabine mais il a ouvert un hublot et je le vois. Je ne sais pas quoi faire avec ma copine. Tant qu'elle est à bord, je pense qu'ils ne tenteront rien. Mais cette nuit, je ne sais pas. Je ne veux pas lui faire prendre ce risque. Rappelez-moi, Max, s'il vous plaît. »

— C'est toi, Max ? On est très original dans les douanes. Un dernier ?

Aurel remit en route la messagerie. Ce devait en effet être un des tout derniers. La voix de Mayères était assourdie, par lassitude ou peut-être parce qu'il craignait d'être entendu dans le silence de la nuit.

« Vous ne me rappelez pas, Max. Je ne sais pas ce qui se passe mais je crois comprendre. C'est vrai : j'ai accepté cette mission, je vais la remplir jusqu'au bout. Qu'ils attaquent, je suis prêt. Mon pistolet est chargé. Avant qu'ils viennent à bout de moi, j'aurai eu le temps de leur faire un peu de mal… Adieu, Max. Je vous remercie. Vous m'avez donné l'occasion de régler bien des comptes. »

Le message était presque inaudible à la fin. Jocelyne pleurait. Il semblait que Jacques Mayères s'était tenu un instant parmi eux, vivant, digne, condamné mais peut-être heureux.

— Il les attendait… Le pauvre ne pouvait pas savoir que Mame Fatim avait cru bien faire en lui versant un somnifère. Finalement, le combat n'a pas eu lieu.

Jocelyne essuya ses larmes et se redressa.

— Il a dit : « Je crois comprendre. » Qu'est-ce qu'il a compris ? Qu'est-ce qu'il y a à comprendre ?

— Comprendre pourquoi « Max » n'a jamais répondu. Il va vous le dire lui-même.

Cortegiani vit avec crainte Aurel s'approcher de lui. Il éloigna ses mains.

— Il va nous le dire parce qu'il n'a plus rien à nous cacher. Autant entendre ses explications, sinon ses excuses. Hein, douanier ?

— Je ne pouvais pas faire autrement.

— Mais encore ?

— Pour les Guinéens, il ne s'était jamais rien passé chez eux. Si je leur avouais que j'avais un agent là-bas, ils auraient protesté officiellement. Nos accréditations arrivent à échéance. Vous avez vu la polémique dans la presse ? Ils sont chatouilleux sur la souveraineté nationale. Ils pouvaient très bien ne pas renouveler mon autorisation ni celle de nos collègues. Et alors, c'est tout notre dispositif qui aurait été mis à bas.

— Vous auriez pu envoyer quelqu'un aider Jacques sur son bateau. Ou le faire sortir quelques jours, le mettre à l'abri.

— Mayères était grillé. Tous les gens qui seraient venus l'aider auraient été dans le collimateur des narcos. Quand ils ont repéré quelqu'un, ils ne le lâchent pas.

— En résumé, tu ne voulais pas griller un autre agent pour sauver celui-là, qui était foutu.

— Et la police ? dit Jocelyne.

— C'est une autre administration, objecta Cortegiani avec un sursaut de dignité.

— Ne me fais pas le coup de la guerre des services, s'il te plaît. Comment disais-tu, l'autre soir, au Cercle ? Les douaniers choisissent leur cigarette dans le paquet… Si tu avais voulu faire intervenir la police, tu le pouvais.

— Et pourquoi ne l'a-t-il pas fait ? demanda Jocelyne qui commençait à regarder le douanier autrement.

La compassion, peu à peu, faisait place au mépris et au ressentiment.

— Il ne vous le dira pas mais c'est très simple.

Terriblement simple : il n'avait plus besoin de votre frère. Quand un agent est démasqué, il devient inutile, et même dangereux. Mieux vaut qu'il disparaisse.

— Et alors ? cracha soudain Cortegiani. Oui, c'est ça, les règles du jeu. Vous croyez qu'on a affaire à des enfants de chœur dans ce métier ? On se bat contre des salauds qui n'hésitent pas à tuer. On fait le sale boulot. Mais il est nécessaire. Mayères, il l'avait compris. Il avait accepté le contrat en toute connaissance de cause. Vous l'avez dit vous-même : c'était quelqu'un qui cherchait le sacrifice.

— Alors, le sacrifice, tu le lui as offert. Quelle bonté d'âme !

Aurel haussa les épaules.

— On ne va pas discuter plus longtemps. Tu restes avec ta conscience et, si elle est tranquille, tant mieux pour toi.

— Qu'est-ce que vous allez faire ?

— Appeler le commissaire Dupertuis. Et tu vas lui expliquer tout cela.

Cortegiani prit un air penaud. Un élancement venu de ses plaies lui tira une grimace.

— Et mes mains ? dit-il.

— Je vais faire venir le docteur Poubeau. Il est un peu de la maison. Il saura rester discret, si on le lui demande. Et je pense que tu n'as pas envie qu'on fasse de publicité sur toute cette histoire. Je me trompe ?

XII

À cinq heures du soir, les couleurs dans la presqu'île de Conakry prennent des tons soutenus et les objets semblent alourdis, graves, prêts pour la tragédie de la nuit. La mer, devant la terrasse où était assis Aurel, virait au bleu de Prusse tandis que le ciel, vers le sud, se colorait de rose orangé. Normalement, à cette heure-là, Aurel aurait dû être attablé devant un verre de vin blanc bien frais, pour évacuer les chaleurs de la journée. Mais comme il venait à peine de sortir d'un sommeil de brute, il avait prudemment commandé un thé et tentait d'avaler un morceau de cake.

Jocelyne Mayères arriva sans faire de bruit et le fit sursauter.

— Quelle nuit ! dit-elle, en s'asseyant devant lui. J'étais tellement bouleversée que je n'ai pas pu m'endormir avant neuf heures ce matin.

Le serveur vint prendre la commande et elle lui demanda un double expresso.

— Quelles nouvelles ?

— J'ai trouvé un message du docteur Poubeau. Il a fait passer des radios à Cortegiani. Cinq fractures des phalanges, dont une ouverte. Il dit qu'il n'a jamais vu cela chez quelqu'un qui prétend avoir sauté dans une piscine vide...

Aurel fit une grimace de sourire, en soufflant sur son thé.

— Il n'y croit pas ?

— Qu'il y croie ou pas, Cortegiani s'en tient à cette version, comme il l'a fait hier soir devant le commissaire. Je pense que personne n'est dupe mais peu importe.

— Donc, vous êtes hors de cause ?

— Vous vous souvenez de ce qu'a dit le douanier quand il a raconté toute l'histoire à Dupertuis : rien ne doit filtrer. Officiellement, il ne s'est rien passé.

— Le pauvre commissaire : ça a fait beaucoup de chocs pour lui en une seule soirée.

— Il faut lui reconnaître une qualité : il sait admettre ses erreurs. Je lui ai parlé au téléphone tout à l'heure, c'est même lui qui m'a réveillé. Il n'a pas perdu de temps.

La lumière déclinait vite. La petite lueur des lampes allumées un peu partout sur la terrasse de l'hôtel en prévision de la nuit commençait à se détacher sur le fond outremer du ciel.

— Il a contacté Dakar et il a été facile de retrouver la trace du troisième équipier du *Good*

Hope. Il s'est enregistré sous le nom de Ramon Alencar. C'est une fausse identité, évidemment, mais sur le fichier d'Interpol cela correspond à l'un des pseudos utilisés par un certain Rigoberto Cortazar.

— Qui est-ce ?

— Toujours d'après le fichier d'Interpol, c'est un membre du cartel de Cali en Colombie. Un personnage assez subalterne, un genre de lieutenant du parrain de cette filière. Mais il a été impliqué dans plusieurs assassinats et il y a un mandat international contre lui.

— On sait où il se trouve ?

— Son signalement a été transmis aux Guinéens mais il est probable qu'il est déjà très loin, en Guinée-Bissau ou ailleurs.

— Donc on ne le retrouvera pas.

— Pas plus qu'on n'a retrouvé l'homme qui a mis une balle dans le casque de votre grand frère.

— C'est exactement à cela que je pensais.

La nuit maintenant était tombée. Comme toujours sous ce climat, Aurel trouvait que ce moment arrivait trop tôt et ressentait cet obscurcissement des choses comme une injustice, une punition. Le jour n'avait jamais le loisir de s'étendre, de paresser, d'offrir les interminables soirées d'été qui font le charme de l'Europe. Aujourd'hui tout particulièrement, Aurel aurait aimé que la journée commencée si tard se prolonge un peu. C'était le dernier jour qu'il passait avec Jocelyne puisqu'elle devait prendre l'avion qui partait vers minuit. Il aurait aimé garder d'elle quelques images encore, ensoleillées et colorées. Au lieu de quoi, il devrait se contenter des éclats de son visage aperçus dans la pénombre.

— Et le couple de Sud-Africains, sur le *Good Hope* ?

— Il n'y a aucune preuve contre eux. Dupertuis a suggéré qu'il valait mieux les laisser partir. Ils sont repérés, maintenant. Un jour ou l'autre ils se feront prendre dans une opération. Ces gens-là finissent toujours mal. J'ai pris la liberté de dire que j'étais d'accord.

— Il vous demande votre avis ! C'est extraordinaire. Quand on pense à la colère de Dupertuis quand il est arrivé chez vous hier soir et qu'il a compris ce que vous aviez fait.

— C'est un pragmatique, et Cortegiani aussi. Ils savent que c'est vous qui avez les cartes en main. Vous vous êtes engagée à retirer votre plainte ; si vous changez d'avis et surtout si vous racontez dans la presse ce que vous savez, ils sont foutus. Le portable du douanier est toujours en notre possession – je le garde précieusement dans mon coffre. Comme ils ont compris aussi que nous marchons ensemble…

Il sentit une émotion lui érailler la voix en prononçant ces derniers mots.

— Quand même, dit Jocelyne, vous avez joué gros. Vous étiez obligé...

— D'en arriver là ? Bien sûr. Une procédure normale ne pouvait rien donner contre des personnages comme ce Cortegiani. Ils sont intouchables. La seule méthode, c'est de les attaquer sur leur propre terrain. C'est-à-dire d'être aussi violent et déloyal qu'eux.

Aurel poussa un grand soupir et se frotta les yeux. Il y eut un bref silence puis Jocelyne se pencha en avant et, sans qu'il s'y attende, lui prit la main.

— Je voulais vous dire, Aurel... je ne sais pas comment, d'ailleurs. Le plus banal serait tout simplement « merci ». Mais c'est plus profond que cela. Voilà, je vous suis *vraiment* reconnaissante.

Aurel s'agitait sur sa chaise, regardait sa tasse vide. Si au moins il avait eu devant lui un verre de blanc... Jocelyne lui tenait toujours la main. Elle avait mis un bracelet en argent et il le regardait trembler sur son poignet fin. Cette vision provoquait en lui un émoi inexprimable.

— Vous êtes quelqu'un d'extraordinaire, Aurel, vraiment. C'est un grand honneur de vous avoir rencontré.

Que répondre à cela ? Aurel sentait sa mâchoire pendre sous son visage, comme si les nerfs qui l'actionnaient avaient été brutalement coupés.

— Nous allons nous quitter tout à l'heure. Je voudrais que vous sachiez que je vous garde dans mon cœur, avec l'impression d'avoir à votre égard une dette immense. Et je vous souhaite d'être heureux. Vous le méritez.

À ce degré, la gentillesse devenait de la cruauté. En voyant les yeux d'Aurel se remplir de larmes, Jocelyne lâcha sa main et, pour qu'il pût reprendre une contenance, elle lança un sujet moins intime.

— Mame Fatim est hors de cause, alors ? J'espère qu'ils vont la libérer…

— Dupertuis a fait savoir aux Guinéens que nous avions découvert le coupable grâce à un renseignement des services secrets, pour ne pas avoir à entrer dans les détails et à compromettre les douanes. Mais la libération de Mame Fatim prendra un petit peu de temps. Il faudra que la justice abandonne les charges contre elle. En attendant, ils vont sans doute proposer de la libérer moyennant une caution.

— Je la paierai s'il le faut, coupa immédiatement Jocelyne.

— C'est très généreux de votre part. Je vous tiendrai au courant.

Aurel regarda sa montre. Dans moins d'une heure, il leur faudrait prendre la route pour l'aéroport. L'avion de Jocelyne décollait au milieu de la nuit mais il y avait beaucoup de formalités à accomplir auparavant.

— Finalement, conclut-elle, le seul qui ne sera pas puni, c'est ce Lamine. Que va-t-il faire de la fortune dont il dispose ? C'est curieux de penser que toute la vie de travail de Jacques va peut-être servir à créer une entreprise mafieuse au cœur de l'Afrique.

— Votre vision est un peu trop romantique, je le crains.

— Romantique !

— Oui. Le destin de votre frère est à mon avis beaucoup plus simple et rien n'interdit de le juger plus tragique.

— Que voulez-vous dire ?

— Que Lamine n'a pas volé sa fortune.

Jocelyne sursauta. Aurel était tellement heureux de provoquer en elle des émotions, quelles qu'elles fussent, qu'il laissa durer ce moment.

— Il a volé *ce qui restait* dans le coffre. Souvenez-vous, Mame Fatim nous a dit que cela tenait dans un petit sac. Même en coupures de 500 euros, on ne met pas des dizaines de millions dans un petit sac.

— Qu'est-ce que Jacques aurait fait du reste ?

Aurel prit le temps de lisser la nappe devant lui, les mains bien à plat, comme s'il avait voulu la débarrasser d'un fatras d'objets imaginaires.

— Il faut oublier tout ce que nous croyions savoir et revenir à la personnalité de Jacques. C'était un homme de devoir. Après la mort de sa fille, il a choisi de partir et de suivre sur le tard la voie de votre frère héroïque. Je suis certain que cela ne s'est pas fait sans une immense culpabilité.

— À l'égard de qui ?

— La culpabilité n'a pas besoin d'un objet pour exister. C'est un sentiment qui vient de nous et qui pousse sur un terreau d'émotions, de souvenirs, de désirs qui nous est propre. Après, quand elle grandit, cette plante s'accroche à ce qu'elle trouve. Enfin, c'est mon avis.

Aurel était heureux que la pénombre ait caché la rougeur qui lui était montée au front. Qu'est-ce qui lui avait pris de sortir une tirade comme celle-là ? Il revint à Mayères pour éloigner l'impression qu'il avait parlé de lui-même.

— Le moteur de Jacques, j'en suis convaincu, était la culpabilité. Culpabilité de ne pas avoir suivi l'exemple de votre grand frère, culpabilité, entretenue par Aimée, de ne jamais lui donner tout ce qu'elle désirait, culpabilité de ne pas sauver sa fille.

— Et culpabilité de tout quitter après la mort de Cléo. Là-dessus, je suis d'accord avec vous. Mais qu'en concluez-vous ?

— Qu'il a voulu se racheter. En partant, je suis convaincu qu'il n'a gardé que le minimum pour vivre sa nouvelle vie.

— Et le reste de sa fortune ?

— Je pense qu'il l'a laissé...

— À qui ?

— À Aimée.

Il y eut un long moment de silence. Jocelyne, en s'appuyant en arrière sur le dossier de
la chaise, avait disparu du halo lumineux de la
lampe et Aurel distinguait à peine ses traits. Un
instant, il se mit à craindre sa réaction. Jalousie,
orgueil blessé, déception, cupidité, pourquoi
pas ? Quelles forces obscures travaillaient en elle
et quelle violence pouvait-il en ressortir ? Heureusement, quand elle revint dans la lumière,
Aurel vit qu'elle souriait de toutes ses dents.
Presque aussitôt, c'est son rire qui retentit, un
rire libérateur, qui emportait au loin tous les
miasmes de l'angoisse, les noires humeurs du
regret et de l'envie. Aurel hésita un instant puis
se mit à rire à son tour. Aux tables alentour, les
dîneurs les regardaient. Quand le fou rire finit
par s'arrêter, ils avaient les larmes aux yeux.

*

Aurel, le lendemain matin, arriva au consulat bien avant l'ouverture du service. Il monta
jusqu'à son bureau avec un gendarme qui
manœuvra un grand trousseau de clefs pour lui
ouvrir.

Il alluma l'ordinateur, lança l'opération de
lecture de la carte mémoire qu'il y avait intro-
duite, courut jusqu'à l'imprimante collective du
couloir et la mit en route. Quand le cliché sortit,

il revint lentement jusqu'à son bureau et l'épingla au mur. Puis, il fit une copie du disque dur de l'ordinateur sur un disque externe et attendit. Peu de temps d'ailleurs, car, dès huit heures, deux agents des services généraux frappèrent, comme il l'avait prévu. Ils étaient un peu gênés mais il les mit à l'aise.

— C'est monsieur le Consul Général qui nous a donné l'ordre hier à son retour…

— Faites, messieurs, faites. Cela m'est absolument égal.

Les deux techniciens débranchèrent l'ordinateur et toutes ses connexions puis posèrent la machine sur le chariot qu'ils avaient apporté et se retirèrent en le poussant devant eux. Un quart d'heure après, Aurel décrocha le téléphone et appuya sur la touche donnant accès à l'extérieur. Il n'obtint plus de tonalité : la ligne était coupée.

Vers neuf heures, Hassan frappa à la porte. Il avait l'air bouleversé.

— La secrétaire du Consul Général vous a cherché hier toute la journée. Il voulait vous voir d'urgence.

— Toute la journée, vraiment ?

— Jusqu'en début d'après-midi.

Ensuite, Baudry avait dû parler au commissaire qui l'avait mis au courant. La condition du silence de Jocelyne à propos de cette affaire était qu'aucune représaille judiciaire ou administrative ne soit lancée contre Aurel. Tout ce que Baudry pouvait faire, c'était de remettre son collaborateur dans le placard où il se trouvait avant ces événements. C'était fait.

— Et tu as reçu l'ordre de ne plus travailler avec moi et de retourner au service du courrier ?

— Comment le savez-vous ?

— Fais ce qu'ils t'ont dit, Hassan. Je te remercie sincèrement pour ton aide. Tu es un garçon de grande valeur.

Aurel se leva, tendit la main au jeune homme et, finalement, ils se donnèrent une accolade émue.

Quand Hassan eut quitté son placard, Aurel se rassit, posa sur sa table vide une feuille blanche et se remit à contempler le cliché qu'il avait épinglé au mur.

C'était – Jocelyne lui avait appris le mot – un selfie pris peu avant l'embarquement la veille au soir. Jocelyne souriait sur le cliché et Aurel se dédoublait autour d'elle. Car c'était à lui, spectateur, qu'elle adressait ce sourire, mais c'était lui aussi qui, à côté d'elle, presque joue contre joue, faisait une douloureuse grimace de bonheur et d'adieu.

Aurel prit une longue inspiration, ouvrit son stylo et, sur les traits tracés à la hâte qui figuraient une partition, il se mit à jeter des notes en fredonnant. Le thème était très simple, quatre notes à peine. Il en avait eu la révélation dans le taxi en rentrant de l'aéroport mais sur ce germe riche pouvait pousser un grand arbre, une forêt. Il percevait des rythmes, des variations, des voix. Il se mit à composer, à raturer, s'arrêtant de temps en temps pour tout relire en chantant.

Il lui restait encore six mois de placard à tirer à Conakry. Assez pour écrire un opéra.

DU MÊME AUTEUR

Dans la collection « Folio XL »

LES ENQUÊTES DE PROVIDENCE (Folio XL n° 6019 *qui contient* LE PARFUM D'ADAM *suivi de* KATIBA)

Dans la collection « Écoutez lire »

L'ABYSSIN (5 CD)

LE GRAND CŒUR (2 CD)

LE COLLIER ROUGE (1 CD)

CHECK-POINT (2 CD)

LE TOUR DU MONDE DU ROI ZIBELINE (1 CD)

LES ÉNIGMES D'AUREL LE CONSUL, tome I : LE SUS-PENDU DE CONAKRY (1 CD)

LES SEPT MARIAGES D'EDGAR ET LUDMILLA (1 CD)

Aux Éditions Flammarion

LE PARFUM D'ADAM, 2007 (Folio n° 4736)

KATIBA, 2010 (Folio n° 5289)

LES ÉNIGMES D'AUREL LE CONSUL, tome I : LE SUS-PENDU DE CONAKRY, 2018. Prix Arsène-Lupin de la litté-rature policière (Folio n° 6676)

LES ÉNIGMES D'AUREL LE CONSUL, tome II : LES TROIS FEMMES DU CONSUL, 2019

Essais

Aux Éditions Gallimard-Jeunesse

L'AVENTURE HUMANITAIRE, 1994 (Découvertes n° 226)

Chez d'autres éditeurs

LE PIÈGE HUMANITAIRE. Quand l'aide humanitaire rem-place la guerre, *J.-Cl. Lattès*, 1986 (Poche Pluriel)

L'EMPIRE ET LES NOUVEAUX BARBARES, *J.-Cl. Lattès,* 1991 (Poche Pluriel)

LA DICTATURE LIBÉRALE, *J.-Cl. Lattès,* 1994. Prix Jean-Jacques Rousseau

COLLECTION FOLIO

Dernières parutions